向/党/的/百/年/华/诞/献/礼

向组织报到

——一个新时代青年的信仰之路

姜成娟/著

中国出版集团
中国民主法制出版社
全国百佳图书出版单位

图书在版编目（CIP）数据

向组织报到：一个新时代青年的信仰之路 / 姜成娟著. —北京：中国民主法制出版社，2021.7

ISBN 978-7-5162-2630-8

Ⅰ.①向… Ⅱ.①姜… Ⅲ.①纪实文学—中国—当代 Ⅳ.① I25

中国版本图书馆 CIP 数据核字（2021）第 121240 号

图书出品人：刘海涛
出 版 统 筹：石　松
责 任 编 辑：张佳彬　刘险涛

书　　名 / **向组织报到：一个新时代青年的信仰之路**
作　　者 / 姜成娟　著

出版·发行 / 中国民主法制出版社
地址 / 北京市丰台区右安门外玉林里 7 号（100069）
电话 /（010）63055259（总编室）　63058068　63057714（营销中心）
传真 /（010）63055259
http: //www.npcpub.com
E-mail: mzfz@npcpub.com
经销 / 新华书店
开本 / 16 开　710 毫米 ×1000 毫米
印张 / 12　**字数** / 169 千字
版本 / 2021 年 8 月第 1 版　2021 年 8 月第 1 次印刷
印刷 / 北京天宇万达印刷有限公司

书号 / ISBN 978-7-5162-2630-8
定价 / 42.00 元

序言

历史在承前启后中发展，党的伟大事业在一代又一代共产党人的接续奋斗中前进，青年一代的健康成长决定着中华民族的未来。如何把青年一代培养成为党的伟大事业的可靠接班人，一直是我十分关注的问题。令人欣慰的是，读到姜成娟的书稿，使我看到了青年一代的精神风貌和对马克思主义信仰的执着追求。想来，马克思、恩格斯在写出《共产党宣言》时还不到30岁，党的一大代表平均年龄只有28岁，毛主席那年正好28岁。正如习近平总书记指出的："中国青年是有远大理想抱负的青年！中国青年是有深厚家国情怀的青年！中国青年是有伟大创造力的青年！无论过去、现在还是未来，中国青年始终是实现中华民族伟大复兴的先锋力量！"

理想信念是指引人生道路的灯塔，中国青年要牢固树立对马克思主义的信仰、对中国特色社会主义的信念、对中华民族伟大复兴中国梦的信心。这本《向组织报到—— 一个新时代青年的信仰之路》正是作者以自己的成长经历为主要内容，讲述了她在党的十八大之后，怎样由一个普通文学青年、中国共产党的热爱者、中国特色社会主义的拥护者转变成一个马克思主义的信仰者的过程。她所面对的问题、遇到的困惑、经历的曲折应该是当下很多年轻人遇到的共性问题，她的选择、转变和追求也必然会为广大青年提供有价值的参考，这也是本书的价值所在。纵观全书，作者与老党员长期深入接触、认真阅读马克思主义经典著作、受身边共产党人影响是其转变的关键。姜成娟这样青年的出现不是偶然的，她与一百年前无数先进分子选择马克思主义一样，是历史的必然，充分验证了马克思主义真理恒久的魅力和跨越时空的感召力、吸引力。

本书中另一个值得关注的是关于文化的问题。作为一名"80后"的年轻人，从著名学府毕业后选择离开大城市，主动回到家乡的“莒县本色老党员事迹展览馆”工作，并以极大的热情深入老党员中，深入这片红色土地的历史脉络中探寻，先后写出了《本色》《发现滨海—— 一个八零后中国当代青年对中国革命与抗战的思考》等红色革命文化系列著作，新作《大罗庄—— 一个村庄与一个政党的百年长征》也已出版，几年来还在《人民文学》《诗刊》《山东文学》等刊物发表各种作品 100 多万字，深情讴歌革命传统、红色文化、齐鲁精神。对于青年作家来说，这种精神和情怀是难能可贵的，是值得大力褒扬的。毛泽东主席在延安文艺座谈会上指出：“为什么人的问题，是一个根本的问题，原则的问题。”习近平总书记在 2014 年的文艺工作座谈会上指出：“文艺事业是党和人民的重要事业，文艺战线是党和人民的重要战线。”在这次座谈会上，他以柳青为例，勉励作家要扎根基层，为人民书写，姜成娟正是自觉践行了习近平总书记的这个要求。实践证明，热爱土地、扎根土地必然会结出硕果。

中国共产党迎来一百周年诞辰，党的十九届五中全会吹响了建设社会主义现代化强国的进军号角。“乘风破浪会有时，直挂云帆济沧海”，历史赋予了青年一代光荣、神圣而又艰巨的历史使命。希望青年朋友们把理想信念建立在对科学理论的理性认同上，建立在对历史规律正确的认识上，牢固树立马克思主义的世界观、人生观、价值观，始终站在历史的正确一边，志存高远，脚踏实地，到人民群众最需要的地方去，与人民群众一道并肩奋斗，在广袤的希望的田野上播种希望，收获幸福。

习近平总书记在纪念五四运动 100 周年大会上的讲话指出，“把青年一代培养造就成德智体美劳全面发展的社会主义建设者和接班人，是事关党和国家前途命运的重大战略任务，是全党的共同政治责任”，希望各级组织、广大领导干部和社会各界能够从党的事业后继有人、永续发展的高度，发自内心地爱护、信任、关心、帮助青年一代，做青年朋友的知心人、青年工作的热心人、青年群众的引路人，把广大青年紧密团结到党中央周围，凝聚到党的伟大事业中来，在薪火相传中确保党的事业永续发展。

是为序。

相信理想信念的力量

朱继东

又一次翻看姜成娟同志的《向组织报到—— 一个新时代青年的信仰之路》，依然被文字中所饱含的情感所牵动，也引发了我更多的思考。成娟在展现自己的思想转变历程的同时，也一直在思考所见所闻所感背后的问题，并在不断学习提升中深化自己的认识，让读者可以跟着她的文字一起喜怒哀乐，一起在探索、思考中坚定自己的理想信念。

在全球化、市场化、网络化大潮冲击的年代，不少青年人胸怀壮志却随波逐流，想要追求崇高却沉沦堕落，“人在江湖身不由己”是很多人的借口，就是想将责任归咎于社会、时代而求一个心安理得。但是，成娟没有这样做，她在不断学习中努力实现理论上的清醒，在多种多样的信仰中做出自己的正确选择，并在持续学习中坚定自己的理想信念，通过自己的努力探索更有意义的人生道路，给自己以鞭策，也给他人以启迪。

本书最重要的特点在于它的真实性。作者成娟没有回避自己曾经的迷茫，这种迷茫不是某个人所独有的，而是21世纪不少年轻人都曾经有过的。这种不回避问题的真实，带给我们更深层次的思考。

在记录中思考，在思考中深化，是本书的另一个重要特点。成娟的人生转变让更多人看到了科学理论的力量，让更多人明白了理论清醒是人生坚定的前提。崇高的理想信念是共产党人永远高高飘扬的旗帜，是我们能够取得一个又一个伟大胜利的最强大动力，必须永远坚持。2015年9月11日，习近平总书记在主持十八届中共中央政治局就践行“三严三实”进行的第二十六次集体学习时再次强调，我们共产党人的根本，就是对马克思主义的信仰，对共产主义和社会主义的信念，对党和人民的忠诚。立根固本，就是要坚定这份信仰、坚定这份信念、坚定这份忠诚，只有在立根固本上下足了功夫，才会有强大的免疫力和抵抗力。“三个坚定”掷地有声，就是提醒全党勿忘根本，在任何时候都不能动摇，要永远高举马克思主义、社会主义、共产主义的旗帜。马克思列宁主义、毛泽东思想之所以能指引、激励、鼓舞着一代又一代共产党人奋斗、奉献、牺牲，遭遇那么多的攻击、诋毁、抹黑、否定而更加凸显真理的光辉，首先就在于其科学性。正如习近平总书记所指出的：“在人类思想史上，就科学性、真理性、影响力、传播面而言，没有一种思想理论能达到马克思主义的高度，也没有一种学说能像马克思主义那样对世界产生了如此巨大的影响。这体现了马克思主义的巨大真理威力和强大生命力，表明马克思主义对人类认识世界、改造世界、推动社会进步仍然具有不可替代的作用。”马克思主义的科学性已经得到历史的检验，不仅表现出破除迷信、捍卫真理的科学革命精神，而且表现了公平公正的科学开放精神、真理不可抗拒的科学进取精神等。虽然如此，但在全球化、市场化、网络化大潮冲击下，要坚定对马克思列宁主义、毛泽东思想的信仰却并不容易，必须主动去学习、深入去思考，真学真懂才能真信真用，成娟的思想转变历程就是一个证明。很高兴看到成娟成为一名共产党员，就在于她对马克思列宁主义、毛泽东思想的学习中坚定了自己对马克思主义、共产主义的信仰。对这一点，我是深有感触的！我大学本科是学习生物化学专业的，工作后又从事了 17 年的新闻工作，如今却成为一名坚定的马克思主义者，一位意识形态领域的专家学者。并不是我从小就坚定了共产主义信仰，我对马克思列宁主义、毛泽东思想的坚信只是在读博士期间才开始的，是对马克思主义理论的学习使我选择了为实现共产主义远大理想而努力奋斗，有了数百篇学术理论文章的发表和多部专著的出版，特别是两本意识形态专著《新时期领导干部意识形态能力建设》《新时代党的意识形态思想研究》都是 15 次以上的印刷而成为理论畅销书。“文如其人”“真正的马克思主义者”，是很多人对我的评价，我也很高兴这样的评价。我相信，不少青年读了成娟的这本书之后，会自觉学习马克思列宁主义、毛泽东思想，学习习近平新时代中国特色社会主义思想，努力成为一名真正的马克思主义者。

强烈的使命感、责任感是本书的另一个鲜明特色。有了坚定的理想信念，人就会主动跳出小我的圈子，努力成就伟大的事业，书稿中的那些忠诚于党的老共产党员是这样，在意识形态斗争中敢于亮剑的专家学者是这样，成娟本人也是如此。特别是那些在中华人民共和国成立之前入党的老共产党员朴实无华的语言、无私无畏的风格，让我们看到了那一代人的无私奉献和牺牲，他们对共产主义的坚定信仰让今天那些为了名利而入党的人汗颜，他们就像一面镜子映照出今天一些党员干部理想信念的缺失，也更凸显出坚定理想信念的重要性和紧迫性。今天，检验一名共产党员是否有坚定的理想信念，敢不敢在意识形态斗争中挺身而出、敢于亮剑就是一块试金石。1962 年 9 月，毛主席在党的八届十中全会上的讲话中特别强调指出："凡是要推翻一个政权，总要先造成舆论，总要先做意识形态方面的工作。革命的阶级是这样，反革命的阶级也是这样。"在中国不断深化改革开放的今天，以美国为首的一些西方国家不仅进一步加大了对中国进行意识形态渗透，"和平演变"的力度、强度，而且在国际上也不断加强对中国进行意识形态进攻、围攻甚至围剿。这就要求广大党员干部、专家学者乃至更多人在意识形态斗争中敢于亮剑、敢于斗争，旗帜鲜明地反对、抵制和揭批错误言论、思潮，特别是坚决反击国内外敌对势力对中国的造谣、抹黑、攻击，引领更多人紧密团结在以习近平同志为核心的党中央周围，在新时代夺取一个又一个伟大胜利。成娟在书中为我们呈现了不少这样的优秀共产党人，她本人也在努力成为这样的人，这也是我愿意为她作序的一个重要原因。

坚定理想信念不仅仅是一次宣誓，也不仅仅是一种身份，而是终身的不懈努力，是矢志不渝的奋斗终身！这是我对青年人的期待，也是与大家共勉！

是为序。

目录

引　言

你似乎与6年前不太一样了？这是近年来很多人见到我，首先发出的疑惑。

是的。我的理解是：坚定、不惑、澄明、追求崇高以及践行崇高，格局与精神上的高蹈、超拔，的确能够带给人外表上的改变。它表现为：明亮、广阔、坦荡。

这是我的切实体会，与在我身上发生的事实。

今天，我左手《红楼梦》，右手《共产党宣言》，我在大观园里读马克思。落红成阵，古典闲愁已更换为对最广大人民的深沉感情。是的，我的胸中，已经装进了全世界！

从心里只有自己，到装进全世界绝大多数人的苦难，我清楚地感觉出这个变化！

这，是一代又一代中国青年通往崇高、通向信仰，走向辽阔的共同路径啊！

我确信：人类生命真正最高等级的美丽，必然是为他人、为祖国、为世界，为最广大的劳动者奉献与劳动、工作。

此时，当我用血管里鲜红的血液，写下这个题目，我用全部清明的理性与澎湃的热情确认：

我是一名马克思主义的坚定信仰者和中国特色社会主义道路的坚定拥护者，

更是中国共产党的坚定热爱者！

我用全部赤诚写下的这些文字，是一本面向当下和未来的书；它是在向世界上一切向往平等、向往美好生活的人们报告：人类在向着社会主义不断前进的过程里，在中国共产党团结带领中国人民进行社会主义革命、建设、改革、发展一百年之际，一个普通中国青年曾经经历过困惑、迷茫，并最终寻找到了这个方向与道路。

我相信，我的困惑，也是很多中国青年的困惑；我走过的追寻的道路，也会是他们的道路。

我确信：以后会有更多中国青年会与我一样，转向这个道路。

因为这个道路，是唯一的人间正道。

没有共产党就没有新中国，只有社会主义才能救中国，只有中国特色社会主义才能发展中国。而中国共产党的领导是中国特色社会主义的最本质特征。是中国特色社会主义制度的最大优势，党是最高政治领导力量。

这是一个中国当代青年，在经过质疑、经过观察、经过思考，经过大量阅读马克思列宁主义经典著作，也经过与广大人民和广大不同领域、不同年龄、不同职业的共产党员长期联系交往，所得出的郑重、慎重的结论。

20 世纪 80 年代初，出生于沂蒙老区的我，与很多同龄人一样，历经上大学交纳高学费、毕业后不分配工作，高企不下、让普通人成为房奴的高房价，以及在现代城市繁忙工作与家庭育儿之间的矛盾等过程。

我开始思考，当代女性困境的根本源头是什么？恩格斯在《家庭、私有制、国家的起源》中指出：一切现代家庭都建立在女性隐形家务奴隶的基础上。那么，女性的解放怎么样才能真正实现？ 社会主义、共产主义对于每一个在世界上活着的生命的意义是什么？

马克思，这个大胡子德国人，这位人类历史上第一位通过现实的生产关系和经济关系，揭示了人类社会形成、发展真实面貌的伟大思想家，这位把全部人类历史，无情地概括为：人们结合为不同形式的社会集团，围绕社会剩余价值分配而进行的争夺。并且指出：迄今为止全部的人类历史，都是阶级斗争的历史的人。对于我们每一个生活在当下的中国人，意味着什么？

2019 年 4 月 30 日，纪念五四运动 100 周年大会上，习近平总书记指出：当代青年遇到了很多我们过去从未遇到过的困难。

我不知道，有多少当代青年听了这句话，与我一样热泪盈眶？

在我们出生的 20 世纪 80 年代，文化界有人提出“告别革命”“告别崇高”等口号。那么，我们从小所接受的共产主义教育，我们所歌唱的“我们是共产主义接班人”，具体到每个人的生活里，它应该怎样被我们认识？

是的，中国当代青年出生、成长于改革开放时期，距离战火相对遥远，没有经过革命战争年代的淬炼，而面临许多新的形势与考验。我们能不能像前辈一样，经得住考验，在新时代确立坚定的马克思主义信仰，紧紧追随中国共产党，在新的历史条件下，坚定共产主义远大理想、中国特色社会主义理想，家国同构，将个人前途与国家命运同频共振，最终实现民族复兴中国梦？

我的信仰之路，为当代青年能不能确立、坚定信仰，提供了清晰的答案。

那就是：能！

2018 年 5 月 3 日，在纪念马克思诞辰 200 周年大会上，习近平总书记指出：中国共产党人作为马克思主义的忠诚信奉者、坚定实践者，正在为坚持和发展马克思主义而执着努力。我们纪念马克思，是为了向人类历史上最伟大的思想家致敬，也是为了宣示我们对马克思主义科学真理的坚定信念。

党的十八大以后，新一代国家领导人革命理想高于天的情怀与伟大探索，让我们看到了希望。身边共产党人对党忠诚，兢兢业业工作、一尘不染的本色，让我深深感动。

只有把这些，放在世界社会主义运动史这个维度上看，中国共产党带领中国人民的百年探索，只有站在这个高度上看我们经历的这些，才能够客观而全面地认识问题。才能超越个人处境，不因自己的处境怎样，而愤懑怪罪于正砥砺求索、呕心吐哺的中国共产党，甚至盲目自贱，以为西方是不灭灯塔，而我们只能成为人家的附庸，从皮到心都换成蓝色才肯罢休。

这是当下许多人出现误判的原因：他们把社会主义具体制度改革过程中出现的问题和错误，当作了社会主义基本制度本身的谬误，从而得出对社会主义制度和马克思的不认同 。

他们忽视了一点：中国特色社会主义进入了新时代。这不仅是中国共产党历史、中华人民共和国历史上的关键，也是人类社会发展史、共产党执政史上的一个关键。

进入 2021 年的中国人，对一个事实不再怀疑，那就是：我们正在经历一个伟大的时代。

毛泽东同志在《论反对日本帝国主义的策略》中指出：革命的道路，同世界上一切事物活动的道路一样，总是曲折的，不是笔直的。

站在世界社会主义运动史的探索这个维度上来看问题，是一切的基础和前提。

在困惑中，我遇到了一群老人。这是一群在 1949 年以前加入中国共产党的老党员。我在 2014 年接触他们，写出了两本关于他们的书籍，并离开省城，到展览着他们事迹的村庄工作。这个本色——老党员红色群落展览馆（又称“本色馆”）就在山东莒县大罗庄村。

我的办公室窗外，是一片树林，那就是宋平旧居所在。在 5 年的时间里，我看着窗外这片青碧，读完了《中国共产党党史》《中共山东地方史》等党史资料，以及《马克思恩格斯全集》《列宁全集》《毛泽东选集》《习近平谈治国理政》等。

莒县大罗庄的本色——老党员红色群落展览馆

恩格斯指出："一个民族要站在科学的高峰，就一刻也不能没有理论思维。"列宁指出："没有革命的理论，就不会有革命的运动。"毛泽东同志指出："主义譬如一面旗帜。"

这部分理论书籍读完后，我深刻明白了理论学习的重要！具备理论视野后，看事物的高度和深度，是完全不同的！

我深刻明白了习近平总书记一再指出的："要原原本本学习和研读经典著作，努力把马克思主义哲学作为自己的看家本领。"

我深刻明了习近平总书记的那句：历史是最好的教科书。学习党史、国史，是坚持和发展中国特色社会主义、把党和国家各项事业继续推向前进的必修课。这门功课不仅必修，而且必须修好。

现在，我可以说：我在努力成为一个崇高的人、一个纯粹的人、一个脱离了低级趣味的人。是的，当一个人的胸中装进了全世界，当把个人的奉献与祖国的前途、民族的命运紧紧相连，我便走向了崇高与辽阔。只有如此，才不会以金钱、物质等为追求。

我知道了，马克思和恩格斯为中国写下了一二十篇文章。中国，是马克思和恩格斯在理论研究和革命实践中长期关注的国家。早在 19 世纪 40 年代，马克思和恩格斯在创立唯物史观和科学社会主义理论的过程中，就十分重视我们这个东方文明古国的最新变化和发展趋势。他们对中国社会情况的整体把握和深入思考，反映在《德意志意识形态》《共产主义原理》《共产党宣言》等重要著作中。

在论述人类历史由相互隔绝的民族和地域的历史演变为世界历史的进程时，在考察资产阶级开拓世界市场、推行殖民主义政策的动因和后果时，在阐明无产阶级革命与民族解放运动之间的紧密联系时，马克思和恩格斯常常将中国作为典型例证，指出中国的历史性变化对中华民族和整个世界产生的深刻影响。

他们毕生都在关注中国。并且预言中华民族必将走向光辉的未来。马克思甚至为未来的中国取下了这样的名字：中华共和国。

在许多人看来，中国革命和欧洲革命是互不相干的两极，马克思和恩格斯却以高瞻远瞩的眼光，使用“两极关联”这个包含着辩证法的精神的朴素谚语，强调了这样一个事实：中国革命必将对世界现代文明进步产生深远影响并作出卓越贡献。

在人类历史上相当长的时间里，中国都是领先的世界强国。我们现在所经历的，是历史上最伟大的复兴。

马克思和恩格斯对中华民族的殷切期望，在中国共产党领导中国人民进行革命、建设和改革事业中一步步走进新时代，一步步变成现实。

在陕北高原上，一个叫梁家河的村庄里，我在窑洞的墙壁上，看到一张旧报纸，在醒目的报眼处，是这样一行字：认真看书学习，弄懂马克思主义。

今年是中国共产党成立 100 周年，中华人民共和国成立 72 周年。世界上第一个社会主义国家苏联在 20 世纪 90 年代初解体，此后，世界社会主义运动陷入低谷。社会主义中国的方向、中国特色社会主义的未来、中国共产党团结领导中国人民进行社会主义革命、建设、改革 100 年的伟大实践，世界社会主义运动史上的中国道路、中国经验，决定了中国当代青年人的方向，以及对中国特色社会主义、马克思列宁主义的认可与追随。

以我个人经历为例，我的成长经历验证了，把学习马克思主义哲学经典著作、基本原理与学习习近平新时代中国特色社会主义思想结合起来，能够提高运用辩证唯物主义观察和分析问题的能力，在改造主观世界和客观世界中把自己的青春与党的事业结合起来，并焕发出无穷的勇气和力量。

马克思在《1844 年经济学哲学手稿》中指出：历史将会带来这种共产主义运动，而我们在思想中已经认识到的那正在进行自我扬弃的运动，在现实中却将经历一个极其艰难漫长的过程。但是，我们从一开始就意识到了这一历史运动的局限性，并且有了超越历史运动的意识，我们应当把这一点看作是现实的进步。

习近平总书记在 2015 年 7 月 24 日致中华全国青年联合会第十二届全委会和中华全国学生联合会第二十六次代表大会开幕的贺信中指出："士不可以不弘毅，任重而道远。国家的前途，民族的命运，人民的幸福，是当代中国青年必须和必将承担的重任。"

正是这一句，促使我写下这些。我有责任把我的思考写出来，与广大青年分享。

与老党员深入接触，阅读马克思列宁主义原典，身边共产党人的影响。

这三点，是我转变的根本原因。

对马克思主义、中国共产党、中国特色社会主义，我如何由迷茫到坚定、忠诚、热爱，这个过程如何发生，把它诚实地、毫无保留地报告出来，这是我作为一个中国当代青年、一个觉悟者义不容辞的责任。

希望关心当代中国青年思想、政治倾向的读者读到它。

当年，毛泽东同志在井冈山上艰苦斗争时，在黄洋界上，他眺望远山，对战士们说，在这里不仅要看到江西与湖南，还要看到全中国和全世界。我也希望，与我原来一样迷茫的青年们，能够从这些文字里看到自己未来的方向和使命。

第一章　信仰的入口

已经 7 年了！

可是，今天想起来那一天，依然那么清晰，如在昨天。我还记得，那天我拉着一个明黄的行李箱，穿着一件红褂子和一条军绿色迷彩裤。

今天，这个箱子我还在使用，这条迷彩裤我依然在穿。它们伴随我在济南和乡间奔波，在无数个疲惫的深夜和充溢着公共汽车味道的旅途里，在夏天绿色的麦田，在深秋收获后的田野里，在这样的奔波中，我经常会想起那一天。

今天回望那一天，如在梦中。

7 年一梦，赤诚未改，热血未凉。

7 年一梦，是非由己，毁誉由人。

之前的很多年里，当我在南京大学的校园里，在春天的北大楼前，那棵开满白花的树下读《西厢记》，在《红楼梦》选修课上流连大观园，在五台山体育馆看王菲演唱会，在济南英雄山上晨练，在大明湖划船，我完全没有想到，习惯这一切的我，会在这几年里，选择了完全不同的生活！

一切的起因，是那一天。

我很清楚地记得，那是 2014 年 5 月 15 日，初夏清和，阳光明亮。那是我永远记得的一个日子。

这一天，我坐在一辆从省城济南出发的大巴上，注视渐渐近了的莒县。这一天，我刚刚出差回来，行李箱尚未收拾，接着继续这次出差，对于这个安排，我本来是抗拒的。

在那天的车上，我第一次以一个外人的视角，来观察这片熟悉的土地。

我脚下的这片土地，是中华文明最先燃起曙光的地方，是中国历史上最古老的县份之一。

莒，是少昊部落后裔建立的古国之一。夏朝称莒州，商时为莒方国，春秋时期为有实力的诸侯国。毋忘在莒的故事正源自莒国。莒，是山东大地上三个大国——齐、鲁、莒中唯一的土著大国。

莒，自秦朝始为县制，之后或为郡，或为州，或为县，始终是鲁东南沿海一带政治、经济、文化中心。

莒地出土的陶文是汉字的雏形，是迄今为止在中国发现的最早的文字符号，比甲骨文尚早1500余年，将人类有文字可考的历史向前推了1500余年。

中国共产党的创始人之一的王尽美，就出生在这里。

对于一个地方，也许要隔着一定的距离来回望，才能看得更清楚。穿着红褂子、绿裤子，奔跑在沭河边的田野里，在碎石矮墙间，吃着莒地的地瓜长大的我，在这次返乡中，得以重新打量我的来处。

那时的我，并不知道，这次采访完全改变了我的人生走向。

我生命中最重要的改变，由此而来。

我最亲最亲的老党员们

2014年5月，此时，距离中国共产党第十八次全国代表大会召开已经过去近两年。而这次大会，对我、对我们普通劳动者，以及对整个人民共和国和中国共产党的意义，乃至对于整个人类，人类在向更美好公平社会探索的前进路上的伟大意义，又哪里是当时能够想象的呢？

这一年，发生了一件事情：中国共产党在全国范围内面向各级党员干部开展党的群众路线教育实践活动。

是这个教育活动，把本书中最重要的一群人，推向了我的生命。

他们，就是 1949 年以前加入中国共产党的一群老党员。

截至 2014 年初，莒县有 1949 年以前入党的老党员 1052 人。他们在当年的平均年龄是 86 岁。他们就是我们此行要采访的对象。

他们的被发现，源于 2007 年。这一年的 5 月，山东省摄影家协会有个会员到莒县访友。等待朋友的间隙，他在夏庄镇党委政府的院子里停留。他很偶然地发现墙壁上的一排照片。朋友未回，他便仔细地浏览起来。

这一浏览，让见多识广的省城摄影家惊讶了。他发现，那整整一面墙壁的照片，全部是共产党员，全部已是耄耋之年。照片上，皱纹白发，土屋萧然。显然，这是一群农村老党员。让他惊讶的是他们的入党时间：全部在 1949 年之前！

当他询问这样的老党员迄今数目是多少的时候，夏庄镇党政办的同志回答：我们镇，现在还有 400 多位。

这位摄影家完全没有想到，在一个普通的乡镇，就有如此多的老党员。

回到省城的他，眼前一直闪着老人们的白发。在济南，他和许多朋友谈到这件事情。于是，这一年的 11 月，济南团市委下属的济南市青少年宫的孩子们，来到了夏庄镇，为老人们奉献了一场流动音乐会。

来自省城的孩子们并不知道，他们所到的地方，在 80 多年前，曾经是那个时期的中国共产党山东省委员会所在地；一如他们不知道，他们所幸福学习的青少年宫所隶属的山东共青团组织，也曾经在这里长期驻扎……

但是，他们记住了这场特殊的演出。

那一天，在初冬的风里，400 多位老人，经历过抗日战争、解放战争、抗美援朝战争硝烟的老人，从不同的村子，来到了镇里的演出场地。400 多人，无一人迟到。

他们的出行工具，有独轮车、自行车、手扶拖拉机，有的还坐着轮椅……

旁边，站着他们的晚辈，晚辈很多也已满头白发……

他们的服装，几乎是蓝色、黑色中山装，蓝色的老式帽子。400 多位从硝烟中走来的，战功累累的老人，整齐地坐在空地上，观赏孩子们的音乐表演。他们未必能够听懂，却没有一个人说话、走动。他们几乎是以苍老而整齐的军容来参加这场活动。

当时，在坐着的老人中，有一个，是我的爷爷。

——世界上，是有基因与血脉这回事的！

红色基因对人的影响，也许在某一段时间不是显性的，但是，它会一直隐藏在你的血液里，等待被唤醒。

一如我在这一年的被唤醒。

那群老人中，有很多，在后来的几年里，成了我的亲人。比如孙振喜。2007 年，他 85 岁。说起 2007 年的那次活动，2014 年他对我说：

“哪能迟到？这是咱们组织给的任务！”

“党的任务，下定决心排除万难，也要争取胜利！”

“我们这一辈子，党叫干什么，就干什么。”

“不管是什么事！不讨价还价！”

“从入党那一天起，一直这样。”

“只要有一口气，组织给的任务都要完成。”

“党员，对党交给的任务，就是这样。要不，叫什么党员？”

“一辈子，没变过。”

原来，老人们是把这个活动，当作组织对他们的召唤，当作组织交给的任务啊！

原来，那整齐的衰老的身影，就是他们流淌在血液里几十年的党性！

是的，在这一群老人中，到 2007 年，党龄最短的，也有 58 年。党龄时间最长的，则有 70 多年。

必须要彻底明确的是：

1949 年之前，加入中国共产党，是什么概念？它意味着什么？

根据莒县党史记载，1949 年，莒县党组织及其共产党员才全部公开身份。在此之前，党组织处于地下状态，加入它，就意味着危险和牺牲。

同时，莒县老党员的特征是，他们在中华人民共和国成立以前加入中国共产党，在中华人民共和国成立后，他们没有进城工作，在漫长的岁月里，战功累累的他们一直在农村耕种、生活。他们之中，最大的官，是村党支部书记。他们在最基层，用衰老的身体，变形的手指，不变的忠诚，维护着中国共产党的形象，巩固着中国共产党的执政基础，一直到生命的最后一息。

他们的政治身份，是中国共产党党员；他们的社会身份，是普通农民。

那一年之后，山东电视台的同志以社会主义新闻工作者的责任感，派出记者到夏庄镇拍摄了纪录片。

2014 年 5 月，全国党的群众路线教育实践活动开展之际，中共山东省委宣传部派出一个省级以上主流媒体采访团到莒县集体采访老人们。

我就在采访团里。

我的家乡，正是莒县夏庄镇。

当时的我，完全没有想到，这次采访改变了我的命运。

当时的我，2014 年的我，是什么状态呢？

那时，南京大学毕业后，我回到山东，在济南工作。作为一个老家在农村，在大城市工作的普通青年，我和很多同龄人一样，为高企不下的房价所深深困扰，被孩子的教育、照顾孩子的生活等所累，在庸常忙碌的生活里，焦头烂额。

我对很多问题，有着深深的困惑。

2013 年春天，我写过一首诗《虚构》：

虚构一个春天，一条路，
虚构它的尘土飞扬，充斥塑料袋、狗屎，杨花漫漫

恰如一场宿命，抑或灾难
虚构一个女人，
虚构这个春天的……
是
她胸中澎湃的无助、悲伤，以及愤懑 终于
找到喷涌的出口！

在现实中，我没有出口。我找不到出口。

我和很多同龄人一样困惑：

为什么“50后”“60后”上大学是免费的，工作是分配的，房子是国家分配的，而到了我们，却不是这样的？原因是什么？

我困惑：为什么房价的涨幅永远大于工资的涨幅？

还有，我困惑：多年以来，当很多人把占有金钱的数额当作了生活的目标与价值，当人们把这些指代了生活的意义，那么，生活除了房子、钱之外，还有没有什么，可以作为活着的意义？

——除了房子、钱之外，还有没有一种可以被当作人生要义的东西？

——我们要不要追求有意义的人生？

而它该如何定义？

我不止一次，在英雄山上，在济南的黄河边，在大明湖畔，思考这个问题。但是，没有人给我一个明确的答案。

所以我在寻找。而且没有停止过寻找！

后来，我读到马克思创造过的一个词——有节制的利己主义，他说，“这种利己主义表现出自己的狭隘性，并用这种狭隘性来束缚自己”。在马克思看来，“德国社会各个领域的关系”的实质，其实在于这种“有节制的利己主义”。

我想我理解了他的寂寞，我理解了他为什么在17岁时写下的：如果我们选择了最能为人类而工作的职业，那么，重担就不能把我们压倒，因为这是为大家作出的牺牲；那时我们所享受的就不是可怜的、有限的、自私的乐趣，我们的幸福将属于千百万人，我们的事业将悄然无声地存在下去，但是它会永远发挥作用，而面对我们的骨灰，高尚的人们将洒下热泪。

当然，这些是2014年以前的我所感到陌生的。

那时的我，把美当作生活的救赎。那时，好像除了这个，我无法找到别的救赎。我10岁开始读《红楼梦》，熟读无数遍，与书中人物厮缠半生，如同亲人，乃至在任何地方生活，我都觉得我在大观园。甚至，后来我试着做了一个公众号，起名字的时候，我马上想到的，就是在大观园读马克思；我对在青年女性之间流行的张爱玲、亦舒非常熟悉，嗯，这本来是文学青年的童子功啊；我选修苗怀明老师的《〈红楼梦〉研究》课程，清楚辨析不同版本的《红楼梦》之间的细微差别，也从南京先锋书店购买过张爱玲全套的作品，为她的终生孤独愤然戚然；我对快递员、清洁工等普通劳动者具备基本的尊重，但这更多是个人天性使然，而在情感上，我对他们是疏远的，并发自内心地想进入另一个所谓精英群体。这一点，不必讳言。

那时的我，还处于“闭门求学，其学无用。欲从天下国家万事万物而学之，则汗漫九垓，遍游四宇尚已”的阶段，还在向外探求。还在困惑。

那时的我，对国家民族道路并没有清晰的概念和理解，对人类社会发展方向，并没有建立起明确的架构，对共产党员的理解停留在童年爷爷煤油灯下主持的村党支部会议，以及党报党刊、《新闻联播》，仅此而已。

7年后的今天，我还是会在春天来时，重读《牡丹亭》，依然会为“情不知所起，一往而深，生者可以死，死者可以生”而无限感慨；我依然每天称量体重，不能忍受由自己的不自律而引起的虚胖；我依然热爱《红楼梦》，我也依然喜欢林黛玉，依然会在日常生活的屋檐被压得太低时，躲进大观园，躲进潇湘馆，躲进诗歌……

但是，7年后的今天，我读得更多的，是《马克思恩格斯全集》《毛泽东选集》《习近平谈治国理政》，我已经树立了人民立场，站在了最广大的人民这一边。

那个时候，我完全没有想到，我苦苦思考、追寻了那么多年的答案，关于道路、关于我的困惑；关于人应该怎么活着，关于女性困境；等等。所有这些，我从黄海边，到长江边，又到黄河边，没有找到。而在我生长的沭河边，我找到了。

答案，就在那个 5 月，静静地等着我。

我的爷爷、外公都是他们中的一员。我从来不知道，他们穿着粗布褂子的身上有那么深刻的意义。这次采访，让我从远的地方回望故乡，重新发现了故乡和爷爷、外公。

他们，重新奠定了我的世界观与立场。迄今为止，只有和他们在一起，我才会，如同柳条在 5 月的阳光里般舒展、愉悦。

全国的在中华人民共和国成立前的老党员们，他们和我，手执同一个密码，我们凭着这个密码，就可以在这个世界上找到对方。

——我们，是这个世界上最亲的人。

——是的，没有人比我更爱他们。也没有人比他们更信任、喜欢、信赖我。

他们，是我在这个世界上，最亲的亲人。

从 2014 年 5 月，我第一次走近他们，到今天，已经 7 个年头了，我走不出他们苍老目光的注视。

我收获了世界上最深厚最珍贵的亲情和同志情。

这是我一生最大的幸运。

需要说明的是，2014 年还发生了一件对我非常重要的事情。

我在济南的家，对面就是山东教育书店，我时常在这里读书。我就是在这里，读到了韩毓海教授的《一篇读罢头飞雪，重读马克思》，石破天惊，如获至宝。那本书，我是把它读烂了的，因为深夜读它自然入睡，它上面还有我的泪水，书页脱落，现在已经很旧，却是我那时候的第一宝书。因为它是引领我入门的理论。

2014 年 5 月 15 日，第一次到本色馆

再后来，我购买了韩毓海教授的全部著作，购买了全套的《马克思恩格斯全集》——它们已经成为我此生最重要的财产，那本《一篇读罢头飞雪，重读马克思》依然在我的书架上占据重要位置。

山东书城也在我家附近。我正是在山东书城二楼的社会科学类书架前，在这里，我与马克思睿智而慈父一样的眼睛劈面相逢。

但是，此时的我，在纯粹的理论和现实的困惑中，还没有打通，我还需要我的老人们，联结起历史和今天，完成逻辑上的自我说服。

这个采访，对于其他记者，是一次普通工作，完成后自然结束。而对我的冲击和影响，却无法在工作结束后停止。

我一直在努力离开的故乡，原来是滨海根据地的发端地和核心地区，滨海根据地和鲁南根据地、鲁中根据地在 1948 年合并成大鲁中南区，这就是沂蒙根据地。所以，莒县是沂蒙根据地的重要组成部分。

我的老党员们，首先就是我的爷爷、外公。

他们身上我熟悉而忽视的很多东西，在这个时候得到了重新认识，重新发现。

我的血管，在多年之后，接通了他们的血管。

第一次采访，时间安排了一周。

中华人民共和国成立前老党员数量最多的，就是我的老家夏庄镇。

因为老人们使用的莒县方言，因为他们的普通农民身份，因为在很长一段时间里，人们精英史观的立场，在我们采访团，有些年轻记者对老人们的态度，在我看来，并不够尊重。

这对我是一种冒犯。我在那个时候，就强烈地感觉到：这样不行！那个时候，我的人民立场还没有建立，我只是朴素地作为老党员的后代，而感觉到不够尊重。

也是从那个时候，我的心里模糊地生发了关于立场的概念。

老人们是敏锐的。因为我从内心里溢出来的对他们的尊重与亲热，因为我的本地方言，也因为当我提起我是哪个村庄的，是谁的孙女和外孙女，很多老人就马上对我如亲人一般：

你爷爷，我认识！老书记嘛！当年我们经常一块儿开会！

你小的时候，你爷爷带你去开会，我还见过你，你那时候还很小，长大了！

你姥爷（外公），咱镇里的好干部！可惜不在了！

我永远记得他们看我的眼神。那苍老的、慈祥的，与我爷爷、外公一样的眼神，那在以后的多年里，当我与他们渐渐分离——是死亡把我们分开，一如它把我和爷爷、外公分开一样；当我后来，无论是在北京，还是在济南，我都永远无法忘记那样的眼神：

那是，垂暮之年的他们，在深深皱纹包裹的苍老眼睛里，对我的那种，想要保护、想要给予、想要照顾，而不得——因为他们已经没有能力——然而又充溢出来的惦记与心疼；那种纯粹的，没有任何掺杂的喜欢与欣慰，让我只要想起，胸口就是热的。

从此，我的生命中再不寒冷。

我不知道，这个世界上还有谁，如同我一样，一个人承载了几百个 80 岁、90 岁老人的关怀与心疼？

何况，他们并不是普通的老人。他们是中国共产党党员。他们在民族最危难的时候入党。在那样的时代，他们都是“河出潼关，因有太华抵抗，而水力益增其奔猛。风回三峡，因有巫为隔而风力益增其怒号”的有着抵抗精神的勇士。枪林弹雨，身经百战，他们每一个人，拿出来，都是一部关于勇敢、关于党性、关于忠诚、关于抗争的传奇。

被这样一个群体注视，与他们建立了血肉相连的联系，这是我一生的幸运。

这是我的底气。这就是我的底气所在。

从此，我再也不恐惧，再也不害怕任何东西。

那个 5 月，我牵着他们的粗布褂子，与他们一起，沿着我熟悉的村路，回到了那个硝烟四起的时代。

你很难想象，看上去这样普通的农村老人，他们会说：解放全人类。为了全人类的解放。他们能够使用主观主义、辩证法这样的词汇。

一直到现在，我还在那里，在这片深厚的田野和泥土里，没有出来。

让我最震撼的，是几个女性老党员。原来，在那个时代，或者更早的时代，女性所承受的压力，都是一样的！都首先承受来自性别的捆绑。

5 月 15 日，我已经确定，我要写一组女性老党员的专访。采访结束时，我再次改变决定：再次、第三次、第四次回来，写一本书。

我知道，一组新闻通讯，已经无法涵盖、表达我对老人们、对他们身上承载着的意义的抵达。

我记得，我见到薛贞翠是 2014 年 5 月 17 日。那天特别热，她家院子里，开着鲜艳的月季花。在以后的这些年里，我都能够清楚地记得，每一个老党员家的院子，能够记得他们家栽种的不同花朵。

她是 1942 年 15 岁入党的，到 1949 年结婚，已经是有 7 年党龄的党员了。结婚前，她风风火火做工作，虽然当时斗争形势严峻，但她是自由的。她每天开会、上识字班、做军鞋等，生活充实而愉快。

然而结婚后，她遇到了一个问题：她的丈夫、丈夫的父母，都让她退党。原因很简单：谁家的老娘儿们天天出去开会！老实在家待着看孩子做饭！

薛贞翠很倔强："谁说老娘儿们就得围锅台转？我干的是正事！"

她说："不给我看小孩，我抱着去，也要坚决去开党的会！"

她说："我是党员。"

她说："在党，就得守党的纪律。"

她说："这是最起码的。"

晚上，她开完会，抱着孩子回家了，家门紧闭。我曾经问她，开会在哪里开？

她说："庄稼地里、大路沟里，不能叫人知道。汉奸鬼子知道了，就来抓。哪儿有灯！不敢大声，就在黑影里、月亮地里商量啊。"

我问："抱孩子，孩子哭怎么办？"

她不以为意："捂住嘴，不能出声！哄睡了，扔旁边地里。有一回，我开完了过去看，孩子身上爬满了蚂蚁。"

深夜，悄悄回到家的她一遍遍敲门：开门！你们不管孩子了？

门一直没有开。

她把孩子放在心口，紧紧抱着，就那么蜷缩着睡了。第二天，太阳升起来，孩子的眉毛上，露珠晶莹。

丈夫家人出来了。他们通知她说，要么退党，要么离婚。

薛贞翠的脾气平时非常急，但是这个时候的她非常冷静。她很平静地回答："就是去要饭，俺也不退党。"

婆家人说她疯了。

就这样磕绊着过了一辈子。一过就是70多年啊，70多年后我和她坐在院子里乘凉。这个院子已经空旷，只有她苍老的身影。

我问她："为什么不能退党？要是当初他们真的和你离婚，你没有土地，没有房子，抱着孩子，怎么办呢？"

她说："别说去要饭，就是杀头，也不能退党。"

我问她："为什么？"

她说："你忘了？那入党的誓词，宣誓，是干什么的？"

她说："能离婚，不能离党！"

我懂了。

我明白她的意思，共产党员就应该永远恪守入党誓词，不能轻言放弃。共产党员这个分量，在她心中，太重了。重到她宁愿放弃婚姻，也要捍卫它。

在鲁东南地区农村，在那个时代，作出这样的选择，太不容易了。

应该说，在那一批老党员中，对当时的我，引起最强烈感触的，莫过于她。

因为我当时最大的困扰，就是工作与照顾孩子的无法兼顾。这是非常现实的问题。也是当代社会出现很多全职妈妈的直接原因之一，也是女性在当代所遇到的普遍性的社会问题。

薛贞翠的遭遇，又是多少女性的遭遇？女性的成长、社会属性，什么时候才不受到尿布、孩子的羁绊？

为什么女性要成为自己，要行使最基本的工作权，如此之难？

这是薛贞翠的疑问。也是我的疑问。更是许多女性的共同疑问。

这也是我后来读到恩格斯《家庭、私有制和国家的起源》时，醍醐灌顶地狂喜的原因所在。

她一直到老，都不肯原谅自己的丈夫。我曾经问她："你现在还生你丈夫的气吗？"她一点也没犹豫："生！"

但同时，她也一直在很好地照顾他，一直到他去世。

薛贞翠的这段视频资料，存放在本色馆里，当我后来回到这里，济南的家里，孩子各种问题无法解决，我闭上眼睛，无法两全。于是，我经常一个人站在电视前，一个人打开它，伫立良久，默默思考。

在莒县，与薛贞翠一样深受性别之困的，还有很多女性老党员。夏庄镇大荒村老党员毛建福，在1939年参加莒县第一届妇女培训班时，已经是三个孩子的母亲了。我不知道，在80多年前，她是怎样在寒冷的冬天，涉过沭河，抛开家务，抛下三个号哭的孩子，冒着被丈夫打的危险，去上那半个月的课程。这需要多大的勇气？

棋山小河村老党员刘太花，也是如此。16岁入党的她，还把自己的父亲介绍入党。她17岁结婚，在外开会，回家也是遇到与薛贞翠同样的情况：不开门。她就喊："你们听着！就是死了，我也不出党！"

那是1941年，根据地最困难的时候。她的丈夫家的情况是：她的公公是党员，她的丈夫的哥哥已经牺牲，姐姐也已经牺牲，牺牲太大了。是的，老根据地的人民，牺牲实在是太大了！此时，她的公婆不让她再出去工作。可是她倔强地不答应。做军鞋，上级布置下来的任务，她总是几倍地完成。没有布料，她就使用自己家的床单、衣服。

什么是最后一尺布做军装，最后一粒米做军粮，最后一个儿子送战场?

在我7年的基层扎根，在我7年与见证过这段历史的老党员们长期接触的现在，我确信:

这没有任何的夸大，这就是老根据地人民对党、对党领导的人民军队的完全无私、人类历史上从来没有过的支援!

什么是党与人民的关系?

这就是啊!

所有颠倒了这个关系的人，所有忘记了这个政党从哪里来的，是怎样从井冈山走向中南海的人，都应该到我们的老根据地来看一下，来与我们的老人面对面；这样，他们就知道，什么是人民，什么是共产党员应该坚持的人民立场!

后来，我听到一首歌:

最后一尺布用来缝军装
最后一碗米用来做军粮
最后的老棉袄盖在了担架上
最后的亲骨肉送他到战场
风也牵挂你 雨也惦记你
住过的小山村
我是否对得起你
你那百年老屋 有没有挂新泥
你吃的粗茶饭
是否碾成细米 碾成细米
我来的时候 你倾其所有
你盼的时候我在哪里我在哪里
你望眼欲穿的时候

我用什么来报答你 报答你
最后一尺布用来缝军装
最后一碗米用来做军粮
最后的老棉袄盖在了担架上
最后的亲骨肉送他到战场
最后一尺布用来缝军装
最后一碗米用来做军粮
最后的老棉袄盖在了担架上
最后的亲骨肉送他到战场
天下乡亲 亲如爹娘
养育之恩不能忘
高天厚土永不永不忘!

这首歌曲名字叫《天下乡亲》，演唱者丁晓君，整个演唱过程，她的眼泪始终不干。从她的表情和眼泪里，我知道，她与我一样，也是经过深刻震撼和感动的。

天下乡亲，亲如爹娘，养育之恩不能忘!

我来的时候，你倾其所有，你盼我的时候，我在哪里?

我用什么来报答你?

这是中国共产党的深沉自问，这也是这个党的自我警醒，自我鞭策!

习近平总书记在庆祝中国人民解放军建军90周年大会上指出:“谁把人民放在心上，人民就把谁放在心上。‘最后一碗米送去做军粮，最后一尺布送去做军装，最后一件老棉袄盖在担架上，最后一个亲骨肉送去上战场’。”

党啊!你永远不要忘记老根据地的人民……

2014年5月18日，我见到了张维兰。她也是夏庄镇人。我无法忘记，在现实世界，在我的人生中，第一次，有人在我面前，说起一个原来只有在书中看到的词汇：

共产主义。

就是她。那年 88 岁的她，1944 年入党。她的父亲也是共产党员。——是的，正如我的爷爷一家兄弟 6 人，5 个是共产党员，有 5 人参加共产党的部队——以至我在很长时间里，以为全国每一个地方，都是如此，每个家庭都是这样。

这样的家庭，出生在这样的地方，让我即使最迷茫的时候，也没有改变心中铁一般的信念：

如果再有异族入侵，那么，我一定会毫不犹豫地上战场。

这个几乎不用思考。更不用犹豫。在我的概念里，这是天经地义。

到了 2014 年的这个 5 月，我才开始思考，根据地的意义。它与我们这个人民政权、与这个共和国的特殊关系。

夏庄镇地处 206 国道，是交通要道，又是当时滨海根据地的外围。张维兰 12 岁就为党送情报。她把情报藏在棉袄里，越过封锁线和鬼子设在夏庄镇的据点。结婚后，她就把情报藏在孩子的襁褓里。

我问她："你不害怕吗？"

她说："要是人人都害怕，那共产主义怎么办呢？"

我以为听错了。

我记得当时我重复了一句："什么主义？"

她依然很平静："共产主义。"

我始终记得她的表情：平静、忧虑、淡然。

共产主义啊！这个词语，在庸碌日常的生活里，已经离开我们多久了？我完全没有想到，是在老家的土地上，我第一次在现实里听到了它！

她是一个看上去如此普通的老人，在老家的田野、柴垛边，她们太寻常了；以至我生活在那里那么多年，忽视了她们。在太长的时间里，太多人忽视了她们，忽视了她们的光芒和价值，也由此承受了这种遗忘和忽视的代价！

我再次回来，是5月29日。这次，我继续在家乡的田野间行走。我走过沭河，在小店镇见到了张大娘的儿子。张大娘没有名字。1941年8月21日，日军扫荡根据地，张大娘的儿子刚满月，鬼子用刺刀对准孩子，让她交代出共产党的去向。她咬住牙，说，不知道！鬼子举起孩子，狠狠摔在地上。孩子死了。

张大娘已经去世了，她的儿子向我讲述这个真实的故事时，表情是隐忍之后的平静。

张大娘不是党员。她并不享受党员的一切权利。

在本色馆里，张大娘的那块展板，一直孤零零地放在四楼，最后面要结束的位置。当时布展的依据是，她不是党员。我每次到那里，都会难过：她是用命来保护我们党的群众代表！

还有一名叫崔立芬的老人，她也不是党员。共产党员王涛把孩子寄养在她家，粮食不够，她的奶水很少。她每次都先喂养王涛的孩子，人家的孩子吃饱了，自己的亲生女儿饿得直哭。她抱着孩子，一起哭。她和孩子说："不是妈妈心狠，不疼你，我得先喂党的孩子，党在给咱打鬼子啊！"

人家的孩子平安长大了，她的亲生女儿因为长期吃不饱，活活饿死了。

我也是母亲。那天，我问自己：我能不能做到？

那么，她们为什么能够这样？

答案是崔立芬的那句话：党在给咱打鬼子。

那么，她的逻辑是：党为我们，我们为党。打鬼子，是大，是共同的事情。他们，就是从这个"大"出发，做出了这样的选择。

这是我第一次，开始不是从"我"出发来考虑问题；而是从"党"，从事业，从"大"来考虑问题。

我开始思考：原来，除了从自己出发，还可以这样来处理和考虑事情？

这个"大"是什么？

对于一个出生于20世纪80年代，工作生活在价值多元的时代，集体主义已经很少被提起，代之以模糊的“团队”，而这个团队，又有鲜明的利益指向。我此前认真思考这个问题的时候不多。

而事实证明，人是可以改变的。再后来，我的集体主义意识完全萌发且茁壮成长，这一点证明，大多数人是可以转变的——青年人，这一点太重要了！

那一天，我模糊地感觉，这好像与我在大学里，在社会上看到的不一样？

我开始思考：

什么是“大”？什么是伟大？

怎么样才能由小到大？

什么是血肉相连？

什么是共产党人的根基和母亲？

“大”，就是崇高，是不汲汲于自己的个人境况，是融入民族大业，是为他人，是崇高，是牺牲与奉献……

人民啊！就是我们伟大的人民啊！

这样大地一般，革命的母亲，共产党人的母亲！

这样的人民，这样的女性，她们旧衣敝履，她们不懂诗词，她们不是精英；然而，没有她们，行吗？

共产党人没有她们，行吗？即使是在今天？

是从张大娘这里，我开始思考，究竟什么值得敬仰？是这样的人民，还是那些空谈误国的人？

我的人民立场，站在最大多数人民一边的立场，在那一天，在滨海根据地的明媚阳光里，开始建立，并且渐渐坚定，一直到今天，没有改变过。

包括对最普通人民的感情。到今天，只有深厚，没有减衰。

这一点，极其重要！

没有坚定的人民立场，就不要谈马克思主义！

5年后，2019年7月1日，张大娘所在小店镇党委政府与小店镇中学，邀请我担任小店中学的名誉校长。

在当年滨海根据地的发端地，在浸透了张大娘幼儿的鲜血的土地上，坐落在广阔田野里的小店中学，一进校门，就有一行大字：永远跟党走。

我的眼睛湿润了。

老根据地啊！这是老根据地对这个政党的特殊忠诚！

因为这个国家，是他们用鲜血捧出的。今天，这儿，依然是这个政权最坚固的基础啊！

孩子们眼睛明亮。他们的父母大多在外地打工，他们大多在学校寄宿。看到他们，我的眼睛是热的。我有太多话要和他们说……对他们，也是对20多年前的自己，他们每个人都是革命的后代，他们的曾祖父曾祖母，就是我写过的那些老党员。我告诉他们，牢牢记住一句话：一定要热爱中国共产党，因为这个党，是为最广大人民利益的，要热爱我们的国家，因为这个政权，是我们的先辈用血和生命换出来的！我们不来捍卫，谁来捍卫？

孩子们清亮而庄重的神情，让我知道，他们听进去了！他们，必将成为这个国家和政权新一代的捍卫者！这个党的热爱者、拥护者！

而这，就是我努力工作、写作、演讲，所要的啊！

亲爱的党啊！你看到了吗？我们老根据地的人民，80多年前，他们是这么样用生命来保护你，托举你；80多年后，我们依然还是你最忠诚的捍卫力量！我们的曾祖父曾祖母，是怎样保护你的，我们依然还会怎样来保卫你，以热血，沸腾的热血！

什么是老根据地？这就是老根据地！

而我在这里，一头连着参与创建这个政权的老党员们，一头连着这个国家的花朵，我是一座桥梁，这是我的意义所在，是我为党能够做的工作之一。

这就是我的幸福啊！

那一天，我觉得，我更加融入了滨海，融入了人民，融入了土地！

根据地的孩子们，这个政权，是我们的曾祖父曾祖母用血打出来的，

我们不来捍卫，谁来捍卫？

此后，我第三次、第四次、第五次回去，我踩着脚下的泥土，一家一家寻访。

我看到了老党员张相禄，在日本鬼子的酷刑下，依然不肯吐露党员名单，而壮烈牺牲；

我看到老党员张太禄，在朝鲜战场的山洞里，连续喝了三天的尿水，回国后，他在村里当普通农民，到去世前还因为有人说党的不好而和人吵架；

我看到共产党员王玉璞散尽家财给八路军，全家11个人，全部加入中国共产党。而后来儿子被误当作国民党活埋，他的后人外出乞讨。我找到他们时，他们说："不后悔入党，就是遗憾为党所做的工作太少了……"

我的心，被一种全新的东西充盈着。

在这个明媚的春天，2021年的春天，外面大风呼啸，田野里的本色馆在风中颤抖着。当我在这里写下这些他们的故事，我的心，依然被打动！我承认，在和他们已经"厮混"在一起7年后的今天，在很多时候我已经缄口不言的今天，在这个依然追求物质的时代，我也依然被他们打动！

在这个偏远的鲁东南的田野间的这个馆里，为他们，我一次次流出炽热的眼泪！

外公与爷爷

我也到外公的老家深入寻访过。外公商学周老家是龙山镇，那里在沭河东岸，是滨海根据地最坚固的核心区——横山根据地的腹地。外公在1944年加入中国共产党，在党内第一个职务是组织委员，19岁就担任了九里坡乡乡长。他性格沉稳，原则性极强。在1949年之前，整整5年的地下工作中，多次经历生死考验。

我印象最深刻的，是他任何时候都不急不躁，从容平和。

这一点，与爷爷一模一样！

也许，只有到了现在，他们的孙女，已经30多岁，几年来一直在追寻他们的故事，深入了解他们的我，才能够明白：他们在中华人民共和国成立前经历的生死考验，无论是在战场上，还是在地下工作中，每一次为党工作都需要冒着暴露的危险，每一天都面临着牺牲的可能。在这样的情况下，他们战胜一切阻碍，在以后几十年的工作中，克服各种困难，到了后来已经没有什么能让他们惊慌失措了！

关于外公的记忆，还有一件事。在我8岁的时候，外公送给了我一套四卷本《毛泽东选集》。除此之外，还有一本《毛主席诗词》。这本是塑料皮精装的，非常精致，红色封面。他还送给我好几个本子，上面印着：工业学大庆。

外公在中华人民共和国成立后，根据组织安排，进城工作，曾在多个部门任职，他以对党的绝对忠诚，为莒县的发展，为党的事业，作出了自己的贡献。

外公是第一批进城的老干部。在几十年的工作中，他的下属、同事非常多。2000年，我中专毕业，当年，国家在大中专毕业生分配政策上首次实行双轨制，只要单位同意接收，毕业生就可以顺利地办理手续。当时一位县领导是外公同事的后代，也是我妈妈的同学。我想请外公打个招呼，为我落实工作单位。

我没有想到，外公没有答应。

他说，一辈子按党的规定办事，现今为自己的事开不了口。他还说，老百姓的孩子不认识人，怎么办？

简直不可思议！

到后来，我考上大学，再次离开家乡，外出上学，都没有去看他。我对他是有意见的。一直到外公去世，我都没有见他一次。

我是在这次寻访，才知道我外婆原来姓刘。我从小没有外婆，母亲说我外婆在她两岁时去世了。当时，外公在县城工作，外婆在老家带孩子。有一次，外婆生病了，家人带信去时，他说正带人在全县架设电线杆，不能耽误，得忙完了才能回家。等他工作结束回到老家，我外婆已经去世了。他早年丧母，就把两岁的女儿也就是我母亲，扔给自己的老父亲，自己回县城工作了。后来他再组建家庭，把女儿接回县城上学。

在那次寻访中，黄坡村的一个老人说，有一年夏天，一天早晨，他在村前干活，看到一个小丫头从前边麦地里跑过来。小丫头脚上只剩了一只鞋。她是跑了一个晚上，才从县城跑回到老家的。这个小丫头，就是我母亲。当时她 8 岁。外公续娶后，继母虐待，她就跑回来了。

后来，特殊十年间，外公被打倒后，他的续弦离家而去，当时她所生的三个孩子分别只有 1 岁、3 岁、5 岁。我母亲带大了他们，把他们全部抚养成人，全部参加工作，自己才结婚。因为没有亲生母亲教导，我的母亲把做母亲的全部责任，理解为：做饭。其他的一切精神交流，是在她的认知范围之外的。童年时期，我有问题，就会撒开脚丫，冲向爷爷家的木栅栏门。我去找爷爷。而后来爷爷患上了阿尔茨海默病（老年痴呆症），那么聪明的他，再也不能为我解答疑惑。再也不能摸着我的头慈祥地微笑。再也不能带我到集市上给我买油条。应该说，在所有亲人中，我感到最亲切、对我影响最大，是我的爷爷。而爷爷去世后，我经常一个人在半夜猛然醒来，大哭。我想我爷爷……

所以，这也是我与老党员们建立了深厚感情的原因之一。他们都是我的爷爷。我是在以孙女的感情来书写他们，照顾他们，热爱他们。

而我也得到了同样的慈爱的夕阳余晖的照耀……

所以，当我后来决定离开省城，回到本色馆工作，别人很难理解，但我自己知道，这是一个重要原因。

按照外公当时的权力，安排母亲的工作并不困难。可是，他没有。母亲一直在农村种地。

我理解外公，是在2015年。这一年，外公已经去世10年了。

那是2015年11月，我在一个叫许仕彬的老党员后人家里寻访。老人已经去世多年。他生前战功累累，后来丢失能够证明他身份的军功章等资料，失去了自己的身份证明。他丢失了自己的历史证明。除了一身的伤，他什么也没有了。他的儿子说，他父亲有病！

在很多老党员的后人那里，这个句子我是常听到的。

20世纪60年代最困难时，许仕彬是食堂主任，村里食堂钥匙由他保管。那时候所有人都在食堂排队吃饭。他父亲重病，眼看不行了。他母亲让他先给他父亲优先打饭。他不肯。说，都得等着，别人都排队，咱为什么不排？

等他最后端着一碗粥回家，他父亲已经咽气了。一个月后，他母亲也去世了。50多年过去了，许仕彬老人的儿子依然无法理解。

可是，我理解了。在那一瞬间，我终于理解了我的外公！

为什么不在第一时间回家？为什么拼命工作？

因为中华人民共和国成立初期，百废待兴，因为他们是在用一颗赤诚的心，在为这个党，为这个他们用命捧出来的中华人民共和国努力工作啊！

他们宁愿牺牲家人，他们不愿意牺牲工作！

这就是中国共产党人。

真正的共产党人，他们的心是金子做的！他们是“傻子”，他们是一般人眼中的“傻子”啊！

如果不能明白什么是崇高，什么是共产党员，就永远无法理解他们。

永远！

然而，我母亲幼年失母，无人护佑，以及由此所导致的一些问题，已经永远不能挽回了。这是共产党员为党的事业尽职尽责作出的隐形牺牲啊！

外公从来没说过什么豪言壮语，他是一个普通的基层干部。他从来没有利用党和人民给的权力，谋取一点点个人利益。其中就包括没有为后代攫取任何好处。反之，他为什么在年轻时候失去妻子？除了家人，已经没有人记得，这是一个共产党员，为了党的工作而付出的牺牲。

如果不是因为我是亲历者，又有多少人知道？推而广之，这个国家 70 多年的辉煌，这个政党 100 年的历史，有多少个共产党员和他们的家人，作出了巨大的牺牲？

习近平总书记说："社会主义是干出来的。"

这是一句大实话！

我的爷爷姜瑞乾，1944 年入党，从 18 岁开始担任我们村党支部书记，一直到晚年病重。不是他不肯交给年轻人，而是他的威望在村里无与伦比，群众对他的信任无可替代。

我从小在爷爷身边长大，跟随他开会、调解村民事务、统筹各项工作，为他读报纸文件，听他讲打鬼子的故事。要说我对共产党员的认识，那么，首先来自我的爷爷。

在我心中，中国共产党员，就是我爷爷的样子！

是的，这个普通的中国共产党基层党员，农村党员，姜瑞乾，就是我心中共产党员的典范。

在后来写入党申请书的时候，我首先陈述的，就是我对党的认识，这首先来自我爷爷的影响。

我的老家村庄靠近沭河，河边树林葳蕤。抗战时期，八路军队伍正是从这片树林，渡过沭河，开赴河东，在河的东边村子建立根据地，成立县委、鲁东南特委，最后形成了鲁东南根据地即滨海根据地的。河边有一个小渡口，一棵大槐树，爷爷经常带我在这里巡查扬水站，查看庄稼生长状况。晚年，他在这里搭建了一个窝棚，种西瓜、甜瓜。我从外面回来，满身疲惫委屈中，在夕阳下，跑向爷爷的窝棚，大喊一声：爷爷！我回来啦！

戴着草帽的爷爷从绿色的瓜地间冒出头来，笑着：玲玲回来了。

我冲向爷爷，一把接过西瓜，一边啃西瓜，一边和爷爷说话，晚风凉爽，虫声唧唧，青草鲜香。爷爷歪着头，笑眯眯地听着。白衬衫在浓重的暮色里闪耀着，洁白顽强。

爷爷是有洁癖的，他的衣服从来都是自己洗，他的一尘不染，从内而外。这一点，极其深刻地影响了我。洁净，应该成为活着的一个基本态度。

从爷爷去世，我再也没有那样肆意地笑过，再也没有吃过那样甜的西瓜，再也没有那么放松的快乐……

再后来，在这几年里，我执着地与老党员们一起，在他们简陋的家里聊天，在他们的门前试着种瓜，大概是我太想念我的爷爷，太想抓住一点当年的场景……

爷爷在河边向我讲述，1944 年，也就是他入党的那一年，当时驻扎在莒县县城的日军，要在村后凤凰山上修筑据点。凤凰山是附近最高的山峰，山下就是沭河，一旦据点修成，日军从此处向沭河东岸的根据地进攻，则根据地危矣。爷爷说，当时党组织河两岸的军民，每天晚上到山上拆除白天修建成的建筑，就这样，整整两个月，日军的据点没有修成。这也是抗战时期，全县境内日军唯一没有修成的据点。

爷爷参与了这场由党组织领导的破除战。他由此深深认识到组织起来的力量，他说，党的力量在于组织人民。

爷爷家有 6 个兄弟，5 个加入中国共产党，5 个参加共产党的部队，其中，一个牺牲，成为烈士；一个在战场上被炮弹炸坏一只眼睛；一个跟随罗荣桓将军在 1945 年由烟台渡海到东北战场，又到朝鲜，回国后到新疆。这就是我的家族。这就是我们这个家族与中国共产党的联系。我们从来没有使用满门忠烈这个词语来形容它，我们从小都觉得这是平常的。在沂蒙老区，这确实是平常的。

在中国共产党诞辰 100 年之际，我们回望，才发现，这个党的 100 年辉煌，正是由这一个个普通的共产党员的牺牲和奉献为坚实基础的啊！

爷爷放弃了外出工作的机会，坚守在村里，带领这个村完成了土地改革、全力支前、集体化，进入新时期。他为村里完成了修路、通电、修扬水站、村居规划等一切基础设施的建设。等他要带领群众完成工业化时，衰老与疾病袭来。2009 年，爷爷去世。当时在南京上学的我，赶回家时，爷爷才闭上眼睛。我知道，爷爷是满意我对他的理解的。当天晚上，我在爷爷身边陪伴了一个晚上。我知道，他惦记这个村子，我知道，他的梦想与期望，就是这个村子真正好起来啊！

作为写作者，我对人性的了解和认识，从来不惮以最大的复杂与立体。但是，我可以客观地说，我爷爷的一生，可以称得上“洁白”。

长期担任村支部书记的爷爷，到 2009 年去世，家里只有一铺土炕、一张没上油漆的木桌、一台 14 英寸黑白电视机。那台电视机，还是我家换彩电后淘汰下来的。它的一尘不染，对我的影响，是深藏在血液里，视为天然需要遵循的纪律与标尺。

——这就是影响。

每当我遇到什么事情，需要做出什么选择，我总是想：如果是爷爷遇到这个事情，他会怎么做？

这样一想，我就明白了应该怎么做。

这就是我之所以成长为今天的我，非常重要的原因之一！

比如，当年到本色馆工作，我有过非常激烈的心理活动。我非常清楚，这个举动，对自己意味着什么，非常清楚是要作出一些牺牲的。最后，说服我的是：如果爷爷遇到这个事情，他会怎么做？

显然，这个时代，党组织需要一个我这样的青年，一个到基层去的青年作家。

那么，爷爷会选择下去。因为，他的一生，全部都是以党的需要，为第一选择。

我对物质的极度不看重，也是源于爷爷的影响。爷爷一直吃素。我也吃素。食物清淡简单，生活简单。很多消费时代的欲望，比如汽车等，我完全无感。

小时候，上级来村检查工作，有招待，肉菜吃不完的，爷爷总是让人送到五保户家里，他不会让家里人坐下吃。因为，“那是公家的”。

爷爷家门前的小胡同

我刚上学，认识了几个字，就给爷爷念报纸。党的十一届三中全会的“届”我不认识，爷爷就笑眯眯地说：“那个字念 jiè。”

我吃惊：“爷爷，你不是没上过学吗？你怎么会？”

爷爷笑眯眯地摸摸我的头发，说，“爷爷开会学来的。”

那时的我便说：“爷爷，我长大了，也要开会。”

后来认真回想，我童年的读物，没有童话，接触《红楼梦》是在10岁。其实那本老旧的《红楼梦》也是来自爷爷。我真正的童年读物，是爷爷订阅的《支部生活》《人民日报》。爷爷家那张老木桌，是我最初的课堂。木格窗棂下，我给爷爷读报纸，院子里牵牛花上朝露晶莹。

村里保送上大学、入党、参军的名额，爷爷一个也没有给自己的孩子。他的所有孩子，全部在农村种地。后来接任村党支部书记的，也不是他的孩子。爷爷并没有刻意培养他的孩子作为自己的接班人。他对权力的赓续，并没有做任何布局。以他的威望，是能够做到的。他并没有把党给的权力，当作自己家族的东西。不仅不谋物质利益，也不谋权力垄断。这是非常不容易的！并且，也许是最为可贵的！

在这一点上，与爷爷同一年入党的外公也是这么做的。两个老党员，在这一点上做出的选择，不约而同。或许，真正的共产党人，在这一点上，都应该做出这样的选择！

这里头包含着也许是毛主席一生最在意的东西……那就是，防止阶层固化。一个村子如此，一个社会也是如此。

我能够记起来的，是爷爷常说的一句话：

“当干部，就是负责的。你得对党负责，对群众负责。”

他还说：“干部有几分为群众着想，群众心里最有数。”

冬天的夜晚，村两委开会，爷爷慢悠悠地讲话，汽灯雪亮。我穿着红棉袄，在旁边听着。炉火通红，炉子上烤着地瓜，村干部们商量怎样修扬水站，怎样为村里通电、修路。我瞪大眼睛听着。在上学之前，这就是我的启蒙课堂。

我问过爷爷：“爷爷，什么是开会呀？”

爷爷说：“开会，就是大家商量，给群众办事。就是学习上级文件精神。爷爷的字，不就是这么学来的吗？”

冬天，爷爷用大金鹿自行车带我去镇里开会。遇到其他村的书记，他总是笑眯眯地介绍：这是我孙女。在镇里开会，遇到外公，两人打招呼，讨论问题，我听不懂。但是，从那时我就知道了，不仅在村里，要开会；在村外，在镇里，也要开会。更往上，也要开。开会，就是个人、村庄与国家血管连通的方式。

我知道了，在自己村外，还有更大的世界。而那个更大的世界，与开会有关。

——开会，就是组织。是原子化的个人组织起来的最好方式。所以，任何一个萌发初步人的意识的社会人，应该从这个高度上认识这种方式。

至今，我对开会的热情始终高涨。我一点也不厌烦任何会议。而且，我有一个理想：回我村里当书记，接爷爷的班，让村里过上好的生活。爷爷早在2003年就说，村里已经通电、修路、靠国道，靠沭河，下一步，就要有工业，让群众不出村子能有活儿干。他说，村里自然资源这么好，也可以搞旅游。他说，得有人组织。组织靠谁？还是得党来组织。继承爷爷的遗志，把村子的各项工作做好，几乎是我不能推卸的责任。我始终觉得，对那个村子，我是有责任的。这是愚蠢而执着的责任啊！

爷爷和外公关系始终很好。逢年过节，家庭一起吃饭时，两人都不会喝酒，凑在一起在小饭桌上吃白菜，那种融洽与亲切，让那时幼小的我刻骨铭心；并且对朋友的状态，有了最初的向往与模型——这是两个老共产党员，两个天性纯良的好人，在一起，不谈权力，不谈金钱，他们说修路，说学习，他们参与了这个国家的创建，他们为这个政党奉献了他们的全部；他们坦荡，明亮，淡然，幸福！

现在，我知道了，那是因为他们除了是亲家，还是同志。他们不知道，在他们去世多少年后，他们的孙女，也终于成了他们的同志……

原来，我的外公和爷爷从来没有走远，他们一直在看着我，一点一点，跌撞着，寻找着，人间正道。

爷爷，外公，我终于找到了。找到了你们，你们的道路。在外头漂流了十几年，我还是找到了你们。

我终于成了你们的同志！

甚至，我的最初的理想，也在一点点苏醒：为人民做实事。

那是我从小悄悄生出的，跟着爷爷开会时，在煤油灯的灯影里，看着爷爷主持会议安排工作时，和爷爷一起走过春天的田野时，如同地气萌发，嫩绿的枝条调皮地钻出地面般萌发。就是这样自然。

爷爷去世前，村里还拖欠着他几年的工资。之前，我曾和他交流过一些问题。关于房价，关于我的困惑。爷爷阻止了要工资的想法。他说，村里目前没有集体经济，有困难。不要给组织添麻烦。对于我的困惑，他沉默很久，说了一句：要相信群众，要相信党。

在后来这些年，和许多老党员的交往中，我发现，在这两个问题上，老党员们和爷爷的做法几乎一致！他们在和周围人、后代的交往中，就是那句话：听党的话，相信党。

他们，这些在最基层的共产党员，与既得利益毫无半点关系！这样的一群人，他们在用尽所有力气，来维护这个党的形象，为她凝聚更多的力量啊！

而他们，是“失语”的一个群体。他们不是没有能力发出自己的声音。他们的宝贵，很少有人能真正解读，能真正被发现，流转出灼灼的光华。

2014年7月，我写出长篇报告文学《本色》，当年10月发表于《人民文学》，11月，单行本由山东人民出版社出版。

2018年的清明节，在北京学习的我，在朋友圈里写下这样的句子：

最清洁明净的 是你们皱纹里的泥土与
皴裂的手指
粗劣的土布衣
最牵我心 最亲 这世间最亲
是你们
我的老党员们
四年了 你们有多少已经走进了泥土 多少还在木窗下
等我再与你们一起拔草喂兔子 叫我小丫
孙振喜爷爷墓上的草已经绿了
我还在等待他说的那声晚安

天上人间 你们在展馆 在中国共产党党史上
你们是列宁所说普通党员应该发挥作用更大的
普通党员
列宁说：加入执政党的诱惑是大的……
你们加入 是在执政前 70 多年前
四年了 我走进你们 我离不开 我舍不得 我换骨
脱胎
清明 谁的一生配得上这两个字
你们 其生也清 其生也明

亲爱的爷爷、外公，我的老党员们！

请你们等着我，等着你们的孙女，你们的同志，等着我，在另一个世界，再和你们一起拔草、喂兔子；等着我和你们一起商量为党工作，请你们教诲我，工作的方法和经验；请你们等着我和你们一起商量怎样为群众办实事；等着我，和你们一起开会……

到那时候，请你们，叫我：

同志……

同志！

第二章　扎根记：回到大罗庄本色馆

2015 年 1 月 5 日，寒风呼啸，大地冰封。这一天，我回到了本色馆。

这个“回”，指的是工作。是的，我决定回到本色馆工作，并得到了实施。这个的前提是：日照市正在实施一项引进高层次人才的工程，我的大学是一所 985 高校，符合条件，作为高层次人才被引进。

我为什么要这么做？

我为什么会做出这样的选择？

在这几年里，这是我需要反复回答并面对的问题。

我知道，选择，是一个哲学问题，也是一个现实问题。选择，完整地说，就是“自由选择”，选择性，说明人作为主体有意志自由。马克思说过：“自然本身给动物规定了它应该遵循的活动范围，动物也就安分地在这个范围内活动，不试图越出这个范围，甚至不考虑有其他范围存在，人不同，人能选择。”（陈先达：《马克思主义十五讲》）

我明白，任何人的选择，都包含着价值判断。只有理想和信仰才能使人的选择超越纯粹个人利益考虑，而把自己的选择，放在更大的国家民族视角范围内来思考。

我做出这个选择的原因是：

在开始接触老党员的这几个月里，我对家乡的深切而愚执的热爱被激活，童年时与爷爷一起开会的画面被激活，我急切地想为那里做些什么：为它做一些实事。

朋友，请理解我对这片土地的热爱……

我想，我的生命价值，应该是，让沭河两岸更加美丽。

我应该在家乡实现我的价值。

在家乡的这片土地上，爷爷和外公做了他们应该做的事情，而现在我应该在他们的基础上，做我应该做的。

我想，在这里实现自己的价值。

除了想以一个基层干部的身份，继承爷爷和外公的事业之外，还有一个重要原因。那就是我想以体验主体的身份，真正深入生活，为创作储备。

2014 年在北京召开的文艺工作座谈会上，习近平总书记以柳青为例子，勉励广大作家要扎根基层，扎根人民。这给了我很大的启发与勇气。

当年柳青能够离开北京，我就不能离开济南吗？

我想，在新时代，也应该有这样的青年作家，以离开大城市，主动到基层扎根的实际行动，向柳青致敬，向延安文艺道路致敬。

2014 年底，天气寒冷，萌生了回去的念头后，这个想法在心中翻腾。很多次，我在家里绕室徘徊，推门出去，上英雄山。

家住英雄山下，阳台正对毛主席题词的巍峨纪念塔，英雄山于我，日日逼视、推窗可亲。

英雄山长眠着王尽美、刘谦初、邓恩铭等烈士。我经常一个人爬上山，坐在王尽美的墓前，脑中回响着他近百年前热情、年轻的声音。

2014 年的我，并不知道即将到来的伟大时代，在以后的历史书写中有多么辉煌。但是，作为一名老党员的后代，我敏锐地感受到了新时代的气息。这个气息崭新而可贵，我觉得，我应当抓住它！

为什么要到农村去？

农村在发生什么？它将要发生什么？虽然出生在农村，在这几个月里，我发现，我并不了解农村。中华人民共和国成立以来，关于农民与土地的关系，有过两次调整。第一次，是农业集体化。记录它的，是柳青的《创业史》。第二次，是新时期以后的家庭联产承包责任制的确立。那么，到了现在，农村的面貌是什么样子？它的结构、文化、伦理、基层党组织建设、集体经济的发展等，是什么样子？

我渴望了解这些。

而且不是蜻蜓点水般的了解。我渴望作为一个基层干部，把自己栽种到土地里，以一个体验主体的身份，来经历、记录、书写。

也许，只有这样，才能规避一些评论家曾经指出的：当前农村题材创作的三种姿态：故乡回忆式、诗意栖居式、积极介入式。回忆式的叙述，具有回避现实的倾向，无法触及真正的现实。

我们知道，很多农村题材小说，都是很不错的作品，但却给我们一种与当前农村“隔”的感觉。最主要的原因就是创作主体远离了当前农村的生活。相比于“故乡回忆”式的农村书写，相当一部分作家即使身处乡土，也是以暂居者的心态，将乡土作为自己隐居和休闲的处所，他们只关注自己内心的恬淡闲适和诗意栖居，并不关注所处乡土周围的人和事。

所有文艺作品都是创作主体生活体验的成果。创作主体的站位最终将决定作家透视和切入的视角、叙述的重心以及立足的点位。这种视角、重心、点位，取决于她或他与叙述对象的关系，会直接影响作品的深度、广度和厚度。从某种意义上说，创作主体怎么样，作品就怎么样。

纵观中华人民共和国成立以来的文学史，但凡能写出优秀农村题材文学作品的作家，无不与农村群众打成一片，甚至让自己变成“农村人”。创作主体的身份转换，带来的是主体意识的转变。创作主体的“在乡者”姿态对于创作出“在乡者”的农村题材小说是极其重要的。

我想，作为写作者，无论将来我能写出什么样的作品，至少，我愿意做一个“在乡者”，作为叙事主体，而不是作为客体，来书写与表达。

检索自己的创作，在《大罗庄——一个村庄与一个政党的百年长征》里，我做到了。我不是走马观花的采风者，我不悠闲，不是旁观。我焦灼、努力，我已经栽植进了这片土地。

但是，这么选择，是要冒着极大风险的。

——这几乎是一个巨大的现代实验尝试。

这是因为，在2014年的中国，作家到基层扎根，并没有形成成熟的机制与制度。这一点，与中华人民共和国成立初期，柳青等到基层时的状况，是有极大区别的。在中华人民共和国文艺史上，历史进入新时期后，文学市场化、商品化成为趋势，作家扎根基层已经很少有人提起。一直到2014年，在文艺工作座谈会上，习近平总书记再次指明了作家创作的方向及途径。

但是，号召发出，实践又是另一回事。

不仅在当时，包括到了7年后的今天……

甚至，我还是低估了这个选择的困难。

一直到今天，也并没有人，能够完全理解。这，正是我所遇到的最大苦恼。

可想而知，当我向周围征求意见的时候，身边一片反对之声。

有一个小学同学，在北京工作，他非常反对我的决定。他说，你上大学读名校，是为什么？不就是为了离开老家吗？老家，是用来怀念的，不是用来天天待在那里的！从现实的角度，县里工资低先不说，教育文化资源与省城是不能比的。

另一个同学说，如果是为离开繁忙的原来单位，图一个清闲，那济南和其他地方也在引进人才，各个城市都在引进985高校学生，为什么一定要回那里？

有年长的朋友劝告我，你以前回去，是客人，大家对你客气，因为你在省城工作；现在，你回去，而且是一头扎到最基层的村里的那个馆，你会后悔的。

县城的同学也反对，你要是在省里工作，回来我们请你吃饭。现在你要回来，我们不知道怎么对你啊！

有在机关工作的校友明确反对，你从来没有在县一级层面工作过，不一定能够适应。另外，到最基层，需要做好心理准备。下去容易，回来就难了！

然而，我还是去了。带着一腔热血。

我想起张维兰的那句：要是人人都害怕，那共产主义怎么办？

我想，要是所有考入名校的学生，都留在大城市工作，基层发展还是有一些影响吧？基层总还是需要人的。即使只能够为家乡做一点点事，为老党员们做一点点事，那也算是实现价值了吧。

至于选择“本色老党员红色群落展览馆”，也不是所有人都能够理解。本色馆并不在县城，而是在大罗庄村。有多少乡镇干部一生的梦想，就是调动到县城。种种算来，确实有许多的不方便。

可是，我依然选择了本色馆。

在7年的时间里，当我奔波在烈日下莒县与济南之间的长途客车上，闻着公共交通工具上各种人体混杂的味道，旁边邻座可能就是一个到省城去看病或者探亲的乡亲；当我在大罗庄的宿舍里，蚊虫叮咬，虫声唧唧，莒县平原上的平房里，一片寂静。支撑我的，正是这一点点可以被称为崇高的东西。

是的，我确认！

这些，我都可以承受。

我想，这也是一种“现实主义”吧。

要创作现实主义作品，首先要认识现实，要书写时代，前提是认识时代。如何认识这个时代，认识当下的现实？主体是否有认识的能力？这必然牵涉对中国革命的认识，对中国共产党的认识。

正如中国共产党领导的中国革命，是农村包围城市的道路；这些答案，还是应该到最广阔的田野里去寻找。

当很多人把不理解的目光投掷在我的脸上，并带有几分不屑，怀疑我一个985高校的学生为什么会出现在这里时，我是有些难过的。有些时候，我会被一些目光刺痛。

应当说，在这几年里，当初同学的反对意见，全部都变成了现实。

最初，我的宿舍在袁公河旁边，是一所消防大队的办公楼。当时门前还是土路，只要一下雨，便泥泞不堪，来回一趟，鞋子上都是泥巴，我就是在那时候，彻底甩掉了高跟鞋。一直到现在，我都不穿高跟鞋。消防大队一楼停放着巨大的消防车，旁边是各种野花。

每到周末，我从济南家里回到这里，总是有非常魔幻的感觉。必须要承认，省城到乡村的距离，并不仅仅是物理意义上的。

还有孤独。

有的时候，会在特别想要找一个人说话的时候，抬头看到外面野草茂盛，寂静无人，这个时候，实在忍不住的我，就会轻轻哭起来。

有一个春天，风非常大，本色馆坐落在田野中，馆内没有卫生间，我到外面的卫生间去一趟，回来，头发上、脸上就落了一层土。乡间的卫生间，条件非常有限，每次去，都需要勇气。我对食物没有要求，但是卫生间，我希望它能够条件好一些。

大风呼啸，本色馆和我一起，在岁月的吹彻中，瑟瑟发抖。

我们清楚地感觉出，我们的单薄和无助。

是的，在那个时候，当我一个人吃力地在空旷的大厅里拖地，当我一个人在几层楼的空间里，和老人们无声交流、打招呼，我无比清楚地感觉到：我和这个馆，是一体的。我爱这个地方。这就是我舍不得走的原因啊！

冬天的时候，没有暖气的本色馆寒冷彻骨。有时候，舍不得开空调，脑袋里的东西被寒风冻成一团。

我经常想起马克思 1867 年在曼彻斯特写给恩格斯的信件：

> 我希望，并且坚信，再过一年我会成为一个不愁吃穿的人，能够根本改善我的经济状况，并且终于又能站稳脚跟。没有你，我永远不能完成这部著作。坦白地向你说，我的良心经常像被梦魇一样感到沉重，因为你的卓越才能主要是为了我才浪费在经商上面，使之荒芜，

> 而且还要分担我的一切琐碎的忧患。……然后又是家庭的烦恼，内部纠纷和忙碌，而不能以蓬勃的朝气，无牵无挂地进行工作。

要保持蓬勃的朝气，无牵无挂地进行工作，多么难啊！

你很难想象，人类历史上最伟大的思想家，他的生活曾经长期如此困顿。那么，与马克思相比，与他长期租房、流离、被面包房小贩追讨债务，长期居住在他所说的“停尸房”那样恶劣的环境里，我们又有什么不能承受呢？

物质上的一切困难都不足道。个人的一切都是小事。

我苦恼的是，因为很多原因，不能为老党员做更多的事情，很多设想没有实现。

有人说，当没有能力为党多做工作时，就独善其身吧。我理解这个善意。可是我认为，一个真正的信仰者，不存在“独善其身”这个事情的。因为真正的信仰者，生命不属于自己，而是属于亲爱的党组织，生命的意义，就是为组织奉献，如果不能为组织最大限度地奉献和燃烧，那是真正的信仰者唯一不能忍受的痛苦。

——这是只有真正信仰者才有的痛苦。

7 年来，各种各样的目光飞来，落到我的头顶，我一直在承受这些目光的敲打。它甚至让有时候的我，开始怀疑自己的选择，是不是正确。

2017 年时，我想过要离开。那个时候，我买到了一本书，中共中央党校出版社出版的《习近平的七年知青岁月》。

这本书，从我 2017 年购买，到现在已经 4 年了。它跟随我往来于济南、莒县之间，我在大罗庄的树林里读它，也在城市的咖啡馆里读它，在疲惫失落的时候读它，也在融入群众的时候读它。它给了我力量、勇气、信心。我从书里，学到了许多许多！

我学到了什么是团结，什么是群众路线，什么是共产党人的赤诚。

是的，我也已经在这里将近 7 年——也是 7 年！

2020年，我看到一部电视剧《陈情令》。在这个似乎与信仰无关的电视剧里，我却看到了信仰和态度。那就是：是非由己，毁誉由人，得失不论！

在浩渺悠长的时空里，人们对心中理想的追求，无论是为穷人说话的马克思主义，还是锄奸扶弱的东方侠义，对它们的坚守，本质上一致的。那就是忠诚于它。无论毁誉，无论得失。只要我们觉得，它是对的。

是的，这就是最真实的我的心理历程。

但是，我坚持下来了。一直到今天，我还在这里。

我在！

我也要说，我不后悔。我尽力了。正如张维兰所说：要是人人都害怕，那共产主义怎么办啊。

总得有人来做。那么，就由我来做吧！

7年了，从陪护老党员的角度，我和多位老党员长期交往，在他们的晚年，给予了宝贵的陪伴和慰藉。我也向柳青学习，积极为本色馆所在的大罗庄村经济社会发展竭尽全力，我利用自己原来在省城工作的一些关系，把20世纪90年代农村党支部建设的典型——九间棚村党支部书记刘加坤邀请到村里，给两个村架设了合作帮扶的桥梁。我积极邀请熟悉的省委党校专家到大罗庄村为村里发展诊脉，共同商讨村里发展路子。

从文学创作的层面，我知道了什么是现实，什么是新时代农村。我把双脚深深地踩在泥土里，创作了系列作品，也获得了山东省委、省政府颁发的奖励。因为当时亟须把滨海根据地的创建，以及沂蒙与滨海的关系厘清，所以这几部作品用了纪实文学的体裁。小说题材的作品我一直在酝酿准备。

我切实地看到了，在我脚下这片土地上，在今天的中国基层，大量普普通通的党员干部，在兢兢业业地为党和人民工作着；他们传承的，就是本色精神。老党员们创造的本色精神，在今天得到了传递和继承。

我切实地感受到了县、市组织部门的关怀。在这几年中，我对组织这个词语铭刻于心。事实上，我接触、熟悉的很多老党员，他们临终还记挂着的，是组织。

我深深明白：个人是渺小的，而组织是强有力的。个人需要组织，个人服从组织，个人服务于组织。个人的每一点成长、进步，都离不开组织的关心、培养。

我深深明白：个人主义要不得。每个人，都是伟大事业中的一员，需要具备整体观、大局观。这样，就不会仅仅站在个人的角度，以个人得失考虑问题。

而组织系统干部对党的忠诚、对青年人的关心，对工作的热爱，让我永生难忘。

在这里，我成长为全县十大莒州英才之一，成长为齐鲁文化之星。

最重要的，在这里，我加入了中国共产党，成为一名光荣的共产党员。

什么是本色精神

我为什么如此重视这个被很多人以为并不重要的这个本色馆？

为什么如此珍视这个迄今为止并不为太多人所知道的本色精神？

这个，基于我对本色精神的深刻认识。

本色是什么？我理解，它就是中国共产党党员本色。它就是9500余万名中国共产党党员的最基本特征。也是入党誓词、党章对一个普通共产党员的要求。在中国共产党的精神图谱上，它的宝贵、独特意义指向，它是本原，是对9500余万名中国共产党党员自身进行教育的最佳教材。

7年来，在本色馆，我有两个梦想。

第一个，是能够在它的基础上，成立滨海根据地纪念馆。

第二个，是设立本色干部学院。

2015 年，回到本色馆的我，所做的第一件事，是读书。大量阅读中共莒县党史、滨海党史、中共山东地方史，中国共产党党史。

因为大学所学专业是汉语言文学的我，深深感到，对于家乡，对于党组织在家乡的活动，我太缺乏了解。比如，老党员说起滨北区，我不知道。说起老六团，我不知道。对匆忙中写出的《本色》，我是不满意的。因为明显缺乏厚度。要补上这块知识空缺，必须读党史。于是，我开始了对中共党史的系统阅读。

我完全没有想到，这些党史资料，会给我这么巨大的震撼和启迪。我在此时彻底理解习近平总书记为什么说：党史是最好的教材。

2021 年 2 月 1 日，习近平总书记指出，中央决定在全党开展中共党史教育，在新时代不断加强党的建设。

看到这个消息，激动之余，我想起 2019 年，我在日照市作家协会会议上的一次发言。那个发言的题目，就是《以〈发现滨海〉为例论学习中共党史及马克思主义理论对作家的必要性与迫切性》。我把它摘录在这里：

> 2018 年 9 月，在第八次全国青年作家创作会议上，中国作家协会党组书记钱小芊指出，要认真学习习近平新时代中国特色社会主义思想，努力掌握这一思想的精髓要义和丰富内涵，以此作为观察和认识中国、观察和认识世界、观察和认识社会、观察和认识我们正在从事的事业的思想指引。
>
> 我国是社会主义国家，我们党是马克思主义政党，马克思主义是中国特色社会主义伟大事业的根本思想引领。我们应深入学习马克思主义理论，努力掌握马克思主义的立场观点方法，夯实文学创作的思想根基。
>
> 社会主义的政治和经济革命的胜利，并不意味着人民群众包括作家在内的很多人，就自然地具备了马克思主义的理论和立场，作为新时代的青年作家，我们必须进行党史学习与马克思列宁主义理论学习。

如果没有这种不带偏见的深刻学习，则扣错了第一粒扣子后，后面的扣子，一定是要错下去的。

以我自己的创作为例，在写作《发现滨海》前后，我的变化是脱胎换骨的。从前，是一个普通文学青年，现在是一个坚定的马克思主义的信仰者。这种变化的原因，是我对中共党史与马克思主义理论的自觉阅读。

1. 我为什么转向了理论

因为我在创作的过程中，深刻地认识到一个问题：那就是书写红色革命文化题材的作品，其实不仅红色题材，所有作家在书写时代的时候，都无法绕开对时代的认识，对中国革命的认识。

只有认识，只有不惑，才有可能正确地表达。那么，我们的红色革命文化，是中国共产党团结带领中国人民在革命、建设、改革过程中所创造的，我们的革命，它是有理论指导的，那就是马克思主义理论。所以，在这个过程中，必然涉及对理论的认识。我觉得我们不能把它当成一个天经地义就可以让很多人吐槽、痛骂，甚至吃着它，享受着以它为指导建立的国家所提供的一切好处，而是，站在更长的历史维度上，来抽出身来看它，是怎么出现的，为什么出现，它是为谁的，穷人还是富人。说到底，作家最后写出来的作品，除了技术，真正决定它的价值的，是作家对人类社会发展方向的思考与认知，对社会主义是不是坚信，对政治、经济、世界大势等的认识与判断。

是的，我们必须直面的是这个词语：社会主义。如果你不是真的从理论层面，相信人类必然进入社会主义，只是因为中国共产党是执政党，去歌颂为了好处，那么写出来的是伪红色，群众看了只会更反感。

这就需要去读马列典籍。我是这么做的。《马克思恩格斯全集》在当当网上售价 4300 多元，比实体书店便宜点，我买了，结果印制品质不佳，很后悔。

我真心实意地确认，人类唯一的出口和方向，就是社会主义和共产主义。

从我个人的成长经历来看，我的真正创作，是从2013年5月参加山东省作家协会举办的高研班开始的。很多作家以为这种学习天经地义，每个国家都有，肯定不是。而中国几千年来，也只有在1949年之后才有。也就是毛主席在1949年7月2日至19日，第一届中华全国文学艺术工作者第一次代表大会召开时，所指出的：从1919年五四运动以来已经30年了，文学艺术工作者的这样全国规模的大会还是第一次，这是什么原因？答曰：人民革命的胜利，人民政权的建立，是决定一切的。

我的进步与这几年参加山东省作家协会组织的各种学习有直接关系。抗战时期，根据地各个村子都建立了儿童团、妇救会、青抗先（青年抗日先锋队）等组织，把不同年龄、性别的群众都组织起来，那么，作家也需要组织，通过宣传部门领导的作家协会来组织。

当时我在结业时发言：此前，我的写作是地下胡乱奔涌的岩浆，从此有了出口与组织……

后来，《发现滨海》初稿完成后，一直到出版、在北京开研讨会，山东省委宣传部、山东省作家协会领导都给予了关怀与指导。的确，是山东省委宣传部、山东省作家协会培养了我，是党培养了我。

2020年在北京学习时就想过，为什么是我，而不是别人？我总结出几条：老根据地红色家庭的熏染、与老党员长期接触、阅读经典理论作品、身边共产党人的影响，这其中，就有省委宣传部、山东省作家协会党组的领导。在我的眼里，他们是领导，也是同志。

村民眼中的党，是村党支部，而我们作家眼中可触摸的党，就是山东省委宣传部、山东省作家协会。没有山东省作家协会党组织的旗帜鲜明讲政治，引领有力，支持有力，方向正确，就没有我今天的成长。

2. 为什么必须坚持马克思主义文艺观

毛主席在1957年3月12日全国宣传工作会议上早就指出：我们已经在生产资料所有制的改造方面，取得了基本胜利，但是在政治战线和思想战线方面，我们还没有完全取得胜利。无产阶级和资产阶级之间在意识形态方面的谁胜谁负问题，还没有真正解决。我们同资产阶级和小资产阶级的思想还要进行长期的斗争。

当今天我们把小资、小资生活当作时髦，把成为资产者当作毕生梦想与奋斗目标的时候，再回过头来看这段话，如果我们已经具备基本的社会主义觉悟，心里是何等滋味！

当我们的先辈们在80年前已经弄清楚的很多问题，现在许多青年作家还在当作新鲜武器祭出，为了建立这个国家而牺牲的烈士们泉下有知，该是何等悲哀！

当我看到了这些，我在这个时候才懂得了：

马克思恩格斯为什么说，社会主义真正胜利是在经济、政治、文化等方面取得的全面胜利。取得无产阶级政权，只能说明在政治上、军事上取得了胜利。远不是社会主义的全面胜利！远远不是！而劳动者阶级如果不能在文化上取得胜利，建立起稳固的劳动阶级的文化，则在政治、军事上的胜利也不会持久！

这一点，还有太多人没有意识到。

以我的切身体会，认识社会主义，认识时代，这个是基础。这个对于很多人是困难的。既有态度上的问题，也有能力上的问题。要么偏激，要么主观，要么自以为真理在握，而抱残守缺，却对青年人横加指责。

我们必须树立马克思主义文艺观。那么，怎么才能树立马克思主义文艺观呢？

我对此，是有满肚子话要说的。如果没有感情上的转变，那根本就不要谈马克思主义文艺观。而如果没有对马克思主义的学习，没有真正进入生活，与群众切实地打成一片，就不要谈马克思主义文艺观。

“重要的是教育青年一代。青年是我们社会主义文艺能不能继续沿着毛泽东所指引的道路发展下去的关键。在新的时期，我们的文艺是不是能够健康地发展，主要取决于我们青年一代。”

这个观点，到今天，当然也成立。甚至，你会看到，原来，这种矛盾、对立，在那个时候就已经存在，今天，实质是一样的。

文艺本身有各种不同的层次，社会主义文艺的方向只有一个，就是社会主义方向。

了解中华人民共和国文艺史，了解中国共产党的文艺方针，并且是完整的、客观的。而不是主观的、片面的，这也是党史的一部分，非常重要。

3. 党史为什么是最好的教科书

必须要说，我是读了中共山东地方史，读到刘谦初烈士的事迹，包括后来，才惊讶：原来，史书也可以如此感人！为什么？是烈士们本身的事迹太感人了！

所以我才懂得，为什么习近平总书记说，党史是最好的教科书了！

我认真学习习近平总书记的每个重要讲话，对有的讲话，比如，《在纪念红军长征胜利80周年大会上的讲话》《在庆祝中国共产党成立95周年大会上的讲话》《在纪念马克思诞辰200周年大会上的讲话》，以及党的十九大报告等，有的都能够背诵。

这不是有人要求我。没有任何人要求。只是完全因为，我想知道。以一个旁观者的角度，来看这些，并不是仰视，也不是要完任务，是平视地来看。尽管我的理论根基谈不上深厚，但我是从一个普通青年的角度来看，这样更客观。比如，我本人特别认可2018年“1·5”重要讲话。而习近平总书记《在纪念马克思诞辰200周年大会上的讲话》，我把它与其他一些纪念文章比照来读，发现它是最好的。这些讲话，我都购买了人民出版社出版的单行本，放在包里，便于阅读。这些单行本，最贵的，是党的十九大报告，是6元钱，而其他的，则或3元，或2.5元。

事实上，如果没有对中国共产党党史、中国革命史的深入阅读，就不会有今天的我。

此外，我对中国历史、中国革命史、中国共产党党史的学习，让我具备了更宽的历史视野、更高的辩证唯物主义的眼光，来评价作品与指导书写自己的作品。以《平凡的世界》为例，路遥写了从1975年到1985年的陕北城乡社会生活，往上上溯，他在书中大致交代了主人公生活的双水村解放以前的土地归属：大多数是归金姓地主的。

然而，仅此而已。没有对土地归一个地主所有这件事，再有任何交代与评价。这样的处理，会让读者有这样的错觉：似乎，这个土地，高加林孙少平们视为受苦的、拼命想要分开的土地，是没有费事，没有经过拼杀，没有经过流血，天经地义，就到了农民自己手里的。

当然，我们知道，历史事实，当然不是如此。

路遥的叙事基准，以及小说里的时间肇始，是1975年。这个时候，1956年完成社会主义改造后，社会主义基本制度已经确立19年。农民组织起来也已经19年。这个时候，因为新生的社会主义制度在探索中前进，必然有弊端，有曲折，小说就是从这里开始的。然而，从我小的时候读这个小说，我就有一个疑问：1975年的陕北农村生活，比1949年以前，乃至更早，一百年前，怎么样？还不如那个时候吗？

而王宏甲的《塘约道路》虽然篇幅短，但是很清楚地交代了塘约村在几百年的时间里，土地的归属变化以及农民生活水平。这样，对为什么必须坚持农村土地集体所有制，有了让人信服的交代。

我想阐述的是，有野心的，真正想要书写大作品的作家必须有更长、更远的历史视野。这一点，取决于对中国历史、中国革命史、中国共产党党史的阅读与把握。

4. 扎根基层，是马克思主义文艺观对当代作家的要求

当下农村在发生着什么，如何书写？习近平总书记交给山东的任务是打造乡村振兴的齐鲁样板。乡村是否能够振兴，以什么样的方式振兴，是党支部引领，还是资本引领，这对于根在农村的中国共产党来说太重要了。包括土地集体所有制的坚持，农村集体经济的壮大等，这是极其重要的理论和现实问题。

各地干部都在摸索。因为我的单位在村里，我非常有意地与村干部交流，引领他们对理论的认识。我在尽力为党做工作。尽管很微薄，也没人要求我，但是，作为一个坚定、真诚的信仰者，我敢拍着胸口说，我热爱中国共产党，愿意为共产主义奋斗终身，就应该这么做。事实上，我的写作，也是为党做工作的方式的一种，不是为了个人出名，更不是为赚钱。为党写作，与为人民写作还不是一个概念。尽管从20世纪80年代，党的文艺方针就是为人民服务，为社会主义服务，但我认为，作为党员作家，作为一个信仰者，必须回答这么一个问题：你首先是党员，还是首先是作家？首先是党员，就要站在党的立场上，为党书写，比如，我写红色题材，就是要呼唤中国青年，与我一样，在了解党史之后，在看到了普通劳动者的力量之后，树立人民立场，坚定对马克思主义的信仰，热爱中国共产党，坚定对中国特色社会主义、中国道路的信心，在实现中华民族复兴中国梦的伟大征程中，作出我们青年应该作的贡献。

我已经到基层工作5年了，韩毓海教授说，时代呼唤梁生宝，那么，时代也呼唤柳青。有出息的写作者应该自觉地吃苦。山东省作家协会党组书记姬德军说过：深入基层是要吃苦的，可是大家不能怕吃苦。这5年，确实遇到了困难。但我不后悔。

我确实是自觉践行习近平总书记对作家扎根基层、扎根人民的要求，把自己栽植到村里、土地里。

我的选择的意义也许在于：出生于改革开放后的中国青年，在历

经质疑、迷茫之后，在阅读中共党史、老党员的影响、经典理论的研读之后，对马克思主义的再度坚定。而在这样的思想基础上，自觉践行习近平总书记对作家扎根基层、扎根人民的要求。

难道今天，我们就不能有柳青那样的勇气吗？

当下中国，应该有这样的青年，应该有这样的青年作家。他们就应该出现在山东！

总之，以我个人体会，当代作家加强中国共产党党史学习与马克思主义理论学习，既是作为一个社会人“明历史、知是非”的必然要求，也是创作出反映讴歌党、讴歌人民、讴歌英雄的迫切需求，已经刻不容缓。

通过阅读党史，我知道了，莒县是滨海根据地的核心地区和发端地。抗战时期，山东抗日根据地有鲁中、鲁南、滨海、渤海、胶东 5 个战略区，2.5 万余个村庄，847.7 万人口。滨海根据地是五大根据地之一。并且长期驻扎着中共山东分局、八路军一一五师、山东省战时工作推进委员会（简称山东省战工会）机关。1948 年 7 月 17 日滨海军区撤销，与鲁中、鲁南军区合并成大鲁中南区，这就是后来沂蒙根据地的范畴，从此，才有了沂蒙的概念。从此，沂蒙代替了滨海的光辉。事实上，沂蒙精神的根本源头就是莒文化。

而最初的沂蒙，范围是抗日战争时期鲁中根据地的第二专署：沂蒙专署。故而，解放战争时期的沂蒙是滨海、鲁中、鲁南三个根据地的总和，而抗战时期，沂蒙仅仅指鲁中根据地的第二专署。所以，莒县不仅是沂蒙老区，还是其中具有特殊地位和作出特殊贡献的区域。

从 1941 年春起，山东党、政、军首脑机关就长期驻在滨海区。滨海因此成为山东革命斗争的中心根据地。

在《中共山东地方史》上，它的介绍是：鲁东南，即后来的滨海区，位于胶济铁路以南，陇海铁路以北，东临黄海，西界沂河和台潍（台儿庄— 潍坊）公路。

这段史实，湮没已久，但是，它不应该被遗忘！

2014 年，莒县农村在中华人民共和国成立前入党的老党员健在的有 1092 人。当年最多时，这个群体有 13341 人。它的特点是在 1949 年以前加入中国共产党，而且中华人民共和国成立后没有脱产工作，始终在农村，身份是农民。这个群体长期被湮没。2013 年，中共莒县县委对全县在中华人民共和国成立前入党的老党员进行摸底调查，抢救性寻访，2014 年 3 月，本色馆开馆。

在长期的阅读与思考中，对本色精神，我有了比较完整的理解。我认为：本色精神是建立在古莒文化根脉上，由古莒文化与中国共产党精神结合，而生长出来的美丽花朵。它生长在莒地这片深厚无比的土地上，绝不是无源之水，无根之木。

马克思主义哲学认为，意识是人脑的产物，是人脑的特有机能。意识不会凭空产生，是人们对客观世界的主观反应。马克思指出：不是人们的意识决定人们的存在，相反，是人们的社会存在决定人们的意识。莒地人民在遭遇异族入侵时，它的优秀分子在接触到马克思主义理论之后，流淌在莒人血液里的永不屈服的基因与之结合，又在长期的革命、建设、发展中，形成了本色精神。

马克思主义最优秀的品质就是科学性和革命性的统一。本色精神的形成是马克思主义与当地实践相结合的产物。是马克思主义的地域化、莒县化。

本色精神的特点是，它是回到共产党员的基本要求，让人们重新思考一个共产党员究竟应该怎么做。所以它其实是本原。是每一名中国共产党党员都应该具备的。

从这个意义上，它比沂蒙精神的宽度更加宽广，对党员自身的要求更加精确。沂蒙精神更多倾向于党群关系的水乳交融，主体是干部和群众两个方面，而本色精神的主体是党员自身，更加注重对党员自身的修养、要求。

所以，在新时代视域下，本色精神在党的建设方面，比沂蒙精神有着更加精准的契合点与对党员的教育、启示价值。

老党员们虽然身在农村，布衣粗食，但是他们用一生践行了入党誓词。他们做到了党对一个共产党员的基本要求。从这一点上，本色精神属于中国共产党全党。而不仅仅属于沂蒙或山东，它是所有中国共产党员的共性。

本色馆内部分老党员照片

本色精神的主体，是一群 1949 年以前入党的莒县老党员，他们并不是遥远的、不可学的，而是具备普遍性。既然一群普通农村老党员可以做到，为什么学历更高与各方面生活、待遇条件更好的当代党员们不能做到？

9500 多万党员中，普通党员居多，干部是少数，作为没有职务的党员，在新时代如何践行一名党员的责任？体现党员的先进性？

这是老党员对当今党员的追问。

他们也用自己的一生，做出了回答。

莒县老党员的事迹，与时代楷模张富清有相似之处，同样感人，同样具有教育意义。因为他们终生都在农村耕种，并不享受国家干部的待遇。

莒地人民在千百年创造历史的活动中逐渐被涵养、培育和升华为一种集体文化人格，即“大义、不屈、抗争”的精神，这种文化人格遇到马克思主义之后，与之结合，使莒地共产党员自觉做出应有的价值判断和取舍，形成符合中国共产党党章和要求的道德规范与理想信念，

习近平总书记在党的十九大报告中指出：“实现伟大梦想，必须建设伟大工程。这个伟大工程就是我们党正在深入推进的党的建设新的伟大工程。历史已经并将继续证明，没有中国共产党的领导，民族复兴必然是空想。我们党要始终成为时代先锋、民族脊梁，始终成为马克思主义执政党，自身必须始终过硬。”

党的十九届四中全会通过的《中共中央关于坚持和完善中国特色社会主义制度、推进国家治理体系和治理能力现代化若干重大问题的决定》，鲜明地指出了我国国家制度和国家治理体系的显著优势，第一个就是“坚持党的集中统一领导，坚持党的科学理论，保持政治稳定，确保国家始终沿着社会主义方向前进的显著优势”；强调“健全总揽全局、协调各方的党的领导制度体系，把党的领导落实到国家治理各领域各方面各环节”。

中国共产党领导与中国特色社会主义具备内在统一性。

中国共产党领导是中国特色社会主义最本质的特征，是中国特色社会主义制度最大的优势，党是最高政治领导力量。

本色精神是一种本原的内在的精神文化形态，是一种中国共产党所独有、为中国共产党所独创的党内主流文化，是所有中国共产党人的旗帜和灯塔，是一种永不歇息的红色血液与元气。

在新时代视域下，对本色精神应当深入研究与大力弘扬，切实发挥本色精神在党的自身建设中不可取代的巨大教育作用。

习近平总书记在党的十九大报告中明确指出：“中国共产党人的初心和使命，就是为中国人民谋幸福，为中华民族谋复兴。这个初心和使命是激励中国共产党人不断前进的根本动力。”

初心召唤前行，本色映照初心。

马克思主义理论是本色精神的内核。中国共产党是马克思主义孕育催生、

用马克思主义武装起来的政党。马克思主义是本色精神的内核、支柱、最鲜明的身份标识。

历史深刻表明，党的初心使命源于马克思主义科学理论的指引和召唤，党的团结统一首先在于思想理论上的团结和统一，党的先进性基础在思想理论上的先进和纯洁。新的时代条件下，坚持思想建党、理论强党、使全党坚守初心、坚定信仰，更加自觉地高举马克思主义伟大旗帜，保持思想上的统一、政治上的团结、行动上的一致，不断焕发新的强大生命力和战斗力。

只有坚定不移地坚持和加强党的全面领导、坚持不懈地完善和党的全面领导制度，才能始终坚定正确政治方向，增强“四个意识”，坚定“四个自信”，做到“两个维护”，万众一心，矢志不渝地沿着中国特色社会主义道路奋勇前进。

中国共产党已经成立 100 年。在前进征程中，如何有力有效地把 480 多万个党组织、9500 多万名党员、14 亿多人民组织起来、凝聚起来，推动经济社会持续健康发展，维护国家主权、安全、发展利益，增进中国人民和中华民族福祉，奋力谱写全面建设社会主义现代化国家新征程的壮丽篇章？

以中国共产党普通党员创造的本色精神教育全党，面向全体党员，弘扬本色精神，更好地激励 9500 多万名党员为党和人民的事业不懈奋斗，就是好的抓手与途径。

这是我对本色精神的解读。

我热切地渴望，老党员们用生命铸就的本色精神，能够在新时代滋养更多的共产党员，成为他们为党努力工作的助跑剂和永不枯竭的动力。

发现滨海

读完各级党史，我继续研读《毛泽东选集》《列宁全集》《马克思恩格斯全集》。这个阅读，持续了 5 年多的时间。

读书的间隙，我依然在田野里行走寻访。

我与100多位老党员有了深入的交流。我与老人们一起拔草、一起赶集、一起烧火做饭，一起上医院看病；我在田间地头踩下深深的脚印。

当时的很多感受，比如，坐在倒扣的塑料桶上，和老人说话；和老人们在厨房拉着风箱，用钝钝的菜刀切南瓜，到玉米地里收玉米；不管是冬天从平原上吹来的浩荡长风，还是夏天树荫里的愉快乘凉，老人们口中断续的历史旧事，我们相同的莒地方言，是如此深刻地进入了我的生命。

一直到今天，我都并没有完全写出，那些细碎的时光和细节，那些故事。

这些，是小说的表达范畴。

在回到本色馆近两年后，我写出了30万字的长篇报告文学《发现滨海——一个中国当代青年对中国革命与抗战的思考》，2016年11月由山东人民出版社出版。在2019年8月，它获得山东省第四届泰山文艺奖。

在这本书的写作中，最大的受益者，是我自己。写作的过程，就是我重构自己的过程。是我脱胎换骨、重新建筑人生观、价值观的过程。

我甚至在写完它的最后一章《中国当代青年的宣言》时，已经清楚地意识到了自己的使命与价值。

我甚至记得那是一个夏天的夜晚。我的宿舍里风扇坏了，闷热不堪，院子里青草疯长，田野里一片蛙鸣。而明月在天，表里澄澈。

我写下这一部分的文字时，心里有火在燃烧，我清楚地感觉出，我的血液在燃烧。我能清楚地感觉出，自己的心，和先烈们完全跳动在了一起！

马克思在1866年写给恩格斯的一封信中说：

> 昨天我又躺倒了……假如我有足够的钱……也就是说——来养家，而我的书又已经完成，那我是今天还是明天被投到剥皮场上，换句话说，倒毙，对我来说，都无所谓了。但在上述情况下，这暂时还不行。（《马克思恩格斯文集》第十卷 ，人民出版社2009年版，第234页）

是的，现在还不行，不能倒下。

我的神圣感，由此而生，一直到今天。它是支撑我的重要力量之一。

是的！

在这个时候，我无比羡慕马克思与恩格斯的伟大友谊。我无比渴望生活中，能够遇到具备相同信仰，可以讨论理论、讨论创作的朋友、同志。很遗憾，在2015年，我没有遇到。在那一年，我的孤独，很大意义上来源于此。

尤其是2016年的夏天，我竟然有被青草淹没的感觉。那个时候，我无比渴望与人交流，我在远离大城市的大罗庄村，看着窗前的树林，心中青草离离。

我无比渴望的是，有一天，我也能够如马克思对恩格斯所说的那样，对另一个我的同志说出：

> 亲爱的朋友，所有的这一切情况下我比任何时候都更感觉到，我们之间存在着这样的友谊是何等幸福。你要知道，我对任何关系都没有做过这样高的评价。

我相信，这也是一切信仰者所渴望的。

今天的我，已经确信这一点：人世间，只有这样具有同样崇高的信仰，在同一个组织里的同志，才可能有这样伟大、纯洁的友谊存在！

这世间，最高尚的称呼，就是同志，同志啊！

在2015年，乃至2016年，我的朋友、亲人、同志，就是我的那些隐没在乡间土屋泥路上的已经衰老、在渐渐走近生命尽头的老党员们。

“中华人民共和国成立那会儿，咱们党的规模，正好一百人中一个党员。咱是‘百里挑一’。”

“现今，这么多？都合格？不一定吧？”

“要是变了质，可了不得，那样，国泰民安不长久！”

这是老党员孙振喜的话。

这是 2017 年 5 月，我在孙振喜家里，听老人说的。他的表情严肃。此时，老人已经生病，两天没吃东西了。他有洁癖，不吃肉，不吃鱼，除了一点新鲜青菜，他对食物几乎没有要求。这与我在食物上的选择相同。他的衣服，自己清洗得干干净净，连裤线都是笔直的。家里家具简单，但井井有条。大门口的月季花开得娇嫩鲜艳。老人一直打扫村路，他不能容忍脏乱、丑陋。

从 2014 年 5 月，我第一次见到他，到 2017 年 10 月他去世，3 年多的时间里，我与老人多次见面，亲如祖孙。每次我去，老人都早早地等在村口，等我走时，他都长久地站在村口，苍老的身影被夕阳拉得很长很长……

我说，爷爷，回去吧！

老人还是不动。他的眼睛里显示出深深地留恋。我知道，他是舍不得我走。

在北京开《发现滨海》研讨会的时候，我说，我要给我的老党员买北京小吃带回去。那时候，我心里想的，就是他。

2016 年夏天，我给老人买了件夏装带去，他埋怨我：你自己工资不高，我有地……

那时候，他的身体还是很硬朗的。他的床头放着我的两本书，整整齐齐。这年冬天，他开始患病，但是怕我担心，不让我过去。说，爷爷家里，现在脏，别来了。

我不听。我去他的家里，眼看他一点点消瘦下去，眼看他一天天羸弱下去；他不能去村街上打扫卫生了，也不能收拾家了；最后，他无法下床了……

我无能为力。除了给老人带一点吃的，给老人洗洗衣服、打扫房间之外，我能为老人做得太少了。

我和他的后人保持着频繁的联系，我说，要不到济南治疗吧？

然而，终于还是没有。

我经常惭愧于我的无力感。如果我能够在大城市有足够的能力，找到更好的医生，可能老人还不会去世。是的，这些年里，我感到最多的是个体的无力。

92 岁的老党员张凤臻说："1943 年，咱滨海区搞了个活动，叫谁养活谁。

群众刚开始不了解，说地主养活咱。那肯定不对。咱们党员是干什么的？咱开会，学了道理，就给群众慢慢讲，他们就懂了。”

她说：“当时咱滨海区干部开会时说了，群众和人民不是一回事，群众组织起来，才叫人民。”

她说：“咱党员有什么权力？咱党员就是去组织群众。”

2019 年 3 月，我去看张凤臻，她已经在床上无法起来了。在此前，我一再在电话里叮嘱她的儿子，好好照顾老人。几乎每一个老党员的后人，我都几乎是恳求他们：

请你们，替我们，替组织，照顾好老人……

老人躺在床上，她连给自己盖被子的力气都没有了。当年，她曾经徒手夺过伪军的枪支。现在，她动不了了。但是，她的眼睛是清亮的，她说：组织……

外面阳光盛大，然而，春天和生命已经不再属于她了。

一个月后，她去世了。她去寻找她的战友了。她葬进了她和战友们用鲜血打出来的滨海根据地。

张凤臻是一个解放了的根据地女性。她虽然一生生活在农村，是一个普通的农村老党员，但是，我敢确定，她的一生，比很多当代城市女性，活得更有尊严，更有幸福感。我非常羡慕她。

2019 年 3 月张凤臻弥留的病床前，她的床头放着我的书

她的家，是小店镇，那是滨海根据地最早、最核心的区域。她在这里接受了根据地的教育，在根据地明朗的天空下成长、生活了一辈子。她很早就分得土地，按照自己的愿望，找了一个同样也是共产党员的同志，有尊严、有安全感、和谐地过了一生。她有尊严，不受任何人的气，除了最后，不得不接受衰老和死亡的气。事实上，我第一次见她，她就在和她儿子生气：我不舒服，让他送我去医院，不愿去！磨蹭什么！

邓力群在东北基层工作时，发出这样的感叹：没有农民的期盼，我们的规划也好，目标也好，都是空中楼阁；没有农民的参与，我们的方针、政策就难以见到成效。我们党在东北之所以能够取得胜利，一个最基本的环节，就在于能把大多数人民群众发动起来实行对敌斗争，大多数群众发动起来了，一切问题就可以迎刃而解。

在榆树县（现榆树市）的土改，让邓力群深刻懂得并牢牢记得一个道理：那就是，共产党的干部必须学会联系群众，宣传群众、组织群众、团结群众为实现自己的利益而奋斗，这是我们党的根本力量和优势所在，也是我们各项工作的取胜之道。

93 岁的夏庄镇老党员李春田，我见到他的时候，他已经卧床很久，抬头尚且吃力。他勉强地抬起头，说：

“共产党是穷汉党！你说这个世上，是穷汉多，还是富人多？只要穷汉支持它，它就兴旺！共产党就得永远永远和穷汉拌拉在一起啊！”

“不能不依靠人民啊！”

从他那里，我知道了，穷人党不能变成富人党。要是变成了富人党，穷人还会支持？穷人不支持，这个党怎么办？

毛泽东说过：我们共产党人，要是没有人民可怎么办啊！

那是在革命战争年代，没有人民支持，一天也过不下去。那么，今天，已经成为执政党的共产党，就可以不要人民支持了吗？

不。习近平总书记反复念兹在兹的，就是人民。2020 年 6 月，在宁夏回族自治区调研时，他强调：要坚持以人民为中心的发展思想，切实解决好群众的操心事、烦心事、揪心事。

95 岁的老党员吴正范，参加了抗日战争、解放战争、抗美援朝战争、对印自卫反击战。他记忆最深刻的是，1945 年 9 月，刚从山东到东北去后的那段日子：

“冷，是冷，但这不是最大的问题，要是在咱滨海根据地，群众早就给送了棉衣。关键是，那会儿咱刚去东北，还没建立根据地。形势很严峻，伤员没地方放，放在老百姓家里，地主和国民党军队去连老百姓和伤员一起杀。后来，咱们从各个根据地去东北的干部在当地发动群众开展土改，这才扎下了根。这个事，我看出，单纯军事路线是不对的。军事离不开政治。不依靠群众绝对不行。”

吴正范参加了1962年的对印自卫反击战。说起那段经历，他那苍老的眼睛里闪烁着豪迈与无敌。我知道，那是革命英雄主义的光芒！他的部队后来到新疆边防戍边。他难忘的，是在天山脚下骑马。然而，一生热爱部队的他，患病在身，他不愿意给部队增加负担，主动要求退伍，回到老家当农民。离开部队的时候，他说，只要部队需要，我爬，也爬回来！

93岁的老党员聂荣恩，我见到他的时候，他在村口放羊。他的身体干瘦，干瘦得像根竹竿一样。他的消化系统在朝鲜艰苦的环境中受到伤害。他在朝鲜战场战斗了5年。

说起他经历过的淮海战役，问他，为什么80万国民党军队打不过60万我们的部队；为什么解放过来的国民党士兵经过教育，马上就掉转枪口，他说："天下穷人是一家！"

他说："共产党人是干什么的？是提着脑袋为天下穷人说话、拼命。这样，谁都杀不完共产党人！"

92岁的老党员陈淑元面对老伴的抱怨：生了5个孩子没捞着吃一个鸡蛋！

他的回答是：

"党有纪律！没纪律早就完了！"

他说：

"我是不敢！往家拿，不是共产党员！"

这金石一样、掷地有声的话啊！

这个老人，根本就不知道我的身份。他以为我是去串门的晚辈，他说这个话时，是随意闲谈，根本没有对着我。

2017 年 7 月，92 岁的老党员夫妻——陈淑元、唐树芳，我害怕下一次再来，就见不到他们了……所以流泪

这两句话里，埋藏着一个工农政党的秘密：它的严明的纪律。它的人民性。往家拿不是共产党员！这振聋发聩的话啊！

这是一个最普通的农村老党员。他们是基石。这个政党的基石，这个国家的基石！

1937 年入党的老党员王玉璞，全家 11 人都是共产党员。他在 1941 年牺牲。

他的儿子在1947年被错误活埋。我见到他的孙女王增英时，问，你们后悔吗？她说，她也这么问过她母亲，她母亲，也是一位1938年入党的老党员。她的回答是：

“你看这沭河，流了多少弯，才流到咱村？”

“共产主义这么大的事，哪有那么容易！人啊，河啊，都是拐着弯朝前走的！”

这是金子一样的话啊！

这是人民、共产党人的胸怀啊！

这句话给我极大的震撼。从此，我开始思考，也许共产党人看待世界的角度应该有广阔的胸怀和气魄。应该打破一切个人好恶、一切公式，来看问题。哪怕在逆境里，也要看到党的事业的广阔天地啊！

人民立场

7年，就在这样的探访中，我渐渐地不惑、坚定、清晰。

人民，共产党，血肉相连。

我的人民立场，就是这样形成的。

我的马克思主义信仰，就是这样坚定的。

它们，重新构筑了我。

这就是崭新与脱胎换骨。

是的，我如此近、如此清晰地触摸到了他们……

这就是“我将无我，不负人民”。

这就是“以身许党”。

是的，这就是生活的价值和意义——为了人民，为了世界。

那么，在这样的生活里，在加入一个伟大的，为了最广大人民的组织后，在组织里，和无数同志一起奋斗，这样的生活，难道不是有意义的吗？

而这需要政治素养，也就是倾向性。文艺的根本问题还是倾向性。

我坚信，在平常的世界里，依然有崇高的可能。市场化改革以来，社会主义价值体系溃退，在很多人的概念里，集体是模糊的，奋斗是为自己。

然而，为自己还是为他人，是检验崇高的试金石。不解决这个问题，无法通向崇高。

在柳青的《创业史》里，最平凡的小人物在有信仰后也具备实践了崇高的可能。路遥的《平凡的世界》受到极大欢迎，有很大一部分原因是，它对土地、对普通人的平视视角。而这是生于陕北的路遥少年时代接受的毛泽东思想中人民立场的一部分。

而这一切，如果不是自觉地低下知识分子的头颅，去到田野里，到我们党的来处，和老党员们厮守在一起，是不可能明白的。

我切实地感受到了，什么是人民，什么是和人民在一起。

如果不是真正地低下头，让脚和手沾上泥土、青草，如果不知道他们所思所想，如果不是从内心里真正地热爱他们，和人民同一个视线，怎么可能明白这些呢？

毛泽东同志说，有什么办法使这种仅有书本知识的人变为名副其实的知识分子呢？唯一的办法就是使他们参加到实际工作中去，变为实际工作者，使从事理论工作的人去研究重要的实际问题。

毛泽东同志说，他自己是学生出身，以前觉得天下只有知识分子干净，后来感情转变了，才知道人民不脏。这里面有情感转变的问题。

毛泽东同志说，群众才是真正的英雄，而我们自己则往往是幼稚可笑的，不了解这一点，就不能得到起码的知识；他说，卑贱者最聪明，高贵者最愚蠢。

我用这 7 年的时间，切实验证了这段话的无比正确。

我切实经历过这个过程！

每一个真正的马克思主义的信仰者，这个转变，是少不了的！

今天的我，即使有一万种聪明、舒服、钱多的可能，我还是愿意选择崇高地活着！

我也深刻理解了毛泽东同志在《青年运动的方向》中指出的：看一个青年是不是革命的，拿什么做标准呢？拿什么去辨别他呢？只有一个标准，这就是看他愿意不愿意，并且实行不实行和广大的工农群众结合在一块。看他是一个假的马克思主义者还是一个真马克思主义者，只要看他和广大的工农群众的关系如何，就完全清楚了。只有这一个辨别的标准，没有第二个标准。

我用这个标准卡自己：是的，我经得住这个检验。

并且，我相信，这个标准不仅是在抗战时期，在今天，以及在未来，都是辨别一个真马克思主义者唯一的标准！

邓力群在回忆中说，通过整风，才认识到不到基层锻炼，不到群众中去，不到实际工作中去，是不会有真知的，是不会有改造世界的真本领的。……作为一名愿意为共产主义事业奋斗到底的共产党员，当认识到要走向群众，走向基层，走向实际的时候，他是不会犹豫的。

他说，我们党的干部下到村里去，心沉下去，根扎下去，千方百计倾听民意，通过彼此的心灵交融，走进农民群众的心里，感受农民群众的冷暖和真正的想法，就能使我们党在凝心聚力中获得不竭的力量源泉。

什么时候，当我们真心实意地觉得世界上最清洁干净的，是人民皱纹里的泥土和皴裂的手指，我们才会发自内心地尊敬他们，为他们服务才不是空谈。

中国共产党的根本政治立场是人民立场。如果未真正地读懂这几句话，那么，不能说你具备了真正的人民立场。

只有具备了真正的人民立场，才能理解毛泽东同志的那句：人民是我们的“观世音”，我们共产党人，没有人民群众该怎么办啊！我们要像念佛一样，时时刻刻念着我们的人民群众啊！

立场问题是根本问题。站在谁的一边，是第一大问题。

70 多年了，有些人已经忘记了，自己从哪里来，要到哪里去，他们已经忘记了，是这些“唤起工农千百万”的工农，把自己抬到了胜利者的位置上！列宁说，没有哪一个活着的人能不站到这个或那个阶级去。中国共产党是以马克思列宁主义为指导的无产阶级政党。

在全球资本主义体系的包围中，在长期执政的条件下，共产党，应该站在哪一边？

与人民在一起是什么？

共产党是个什么性质的党？

如果不把感情和立场站在最大多数的人民那一边去，如果不站在最普通最广大人民的立场上，从他们的角度出发，那么，共产党人会走到哪里去？

2015 年，我随身携带一本人民出版社出版的马列主义经典作家文库著作单行本，或者《雇佣劳动与资本》，或者《列宁论新经济政策》，在大罗庄的田野里，把脚踩在泥土里，思考这些问题。

2015 年，采访要结束的时候，我彻底明白：最世界上最干净的，就是泥土和劳动者粗糙的手指，而不是精英的酒杯，权力的辉煌。

我彻底地用灵魂亲吻土地，我真正从心里觉得：

一个不能体会全人类的命运、疾苦的人，一个没有高尚信仰、情操的人，不会懂得什么是马克思主义一样，任何真正的共产主义者，尤其是知识分子，必须要有这么一个转变过程！真从心里完成这个情感的转变！

现在的我，彻底平视一切权力、金钱；

现在的我，深刻确认：与祖国共命运，同人民共沉浮，才是唯一的人间正道。

在大罗庄，我得到了重生。

理 论

此外，与之同步的，是我对马克思主义经典著作的认真持续阅读。这个阅读，从 2014 年年底，一直持续到 2021 年的此刻，我写下这些文字的时候。

我进入理论的途径，是先从党史进入。首先是读党史，中共莒县党史、中共滨海党史、中共山东地方史、中国共产党历史；接下来，是毛主席的著作。我读完了《毛泽东选集》四卷、《毛泽东文集》八卷；在这个阅读过程中，自然会对书中所提到的马克思主义想要弄清楚：它究竟是什么？于是，我购买了《马克思恩格斯文集》《马克思恩格斯全集》《列宁全集》来读。

原来，有了理论视野后，再看世界，那是不一样的啊！

在很长一段时间里，我沉浸在理论的美妙中，甚至对很多文学作品失去了兴趣。是的，具备理论视野后，很多作品一眼看去，已经知道局限所在：它们对人类社会发展方向，对事物变化、历史事件为什么如此，有些是糊涂的。

而且这样的糊涂会误导青年人。这是要警惕的。

我一次一次在深夜里热泪盈眶，一次次披衣坐起，一次次毫无睡意，在那样的阅读和对那群老党员的交往中，我脱胎换骨。

我的马克思主义信仰，就是那么一点点确立的！有信仰的人，多么幸福呵！

我甚至很难形容这种幸福——如同一个人在黑夜中跋涉迷茫，发现道路与人类唯一的出口的幸福——那种找到终极真理的狂喜，让我终于解释了所有的疑惑。对这个世界，原本被绕进去的很多表面问题，我知其然，更知其所以然。

终于不惑！

马克思列宁主义理论的不朽活力与它历久弥新的真理性，在任何一个时代，都会彻底吸引一切向往更美好公平世界的青年人！

它们的准确、美妙，是人类所创造的思想宝库中，最璀璨夺目的花朵。它是不朽的！

比如，“剥夺剥夺者”；

比如，“每隔几年决定一次由统治阶级中什么人在议会里镇压人民、压迫人民——这就是资产阶级议会制的真正本质”。

“只有承认阶级斗争，同时也承认无产阶级专政的人，才是马克思主义者”。

“当人租住时，他无权把这个住所看成自己的家园，而只有在自己的家园，他才能说，这是我的家。相反，他是住在别人家里，住在一个每天都在暗中监视着他，只要他不交房租就立刻将他抛向街头的陌生人的家里”。

我知道了社会主义道路代替旧有制度是多么艰难——这是前无古人的实践，而且是在极其复杂险恶的国际国内形势下。它要经过何等的曲折，只要想一想资本主义代替封建制度经过多少年的反复，就完全清楚。英国资本主义制度经过 145 年方才确立。法国资产阶级革命更是动荡不安。资本主义在欧洲取得统治地位，经过了 230 年时间。社会主义制度作为与以往所有剥削制度根本不同的崭新的社会制度，它的产生和发展更不可能是直线的，发生曲折乃至严重挫折是难以避免的。

从十月革命到今天，104 周年，中国共产党人在地球的东方进行了伟大的实践与探索。绝对不能用前 30 年来否定后 40 年，也不能用后 40 年来否定前 30 年。这两个时期，都是中国共产党团结带领中国人民进行社会主义探索的伟大寻路。辉煌与曲折同在，这是无法避免的历史进程。

我更知道，为了让以后的青年人不再经历这样的困窘，我们的领袖与中国共产党内的健康力量带领中国人民，做出了何等艰苦卓绝的努力与斗争。

我深刻明了习近平总书记的那句：历史是最好的教科书。学习党史、国史，是坚持和发展中国特色社会主义、把党和国家各项事业继续推向前进的必修课。这门功课不仅必修，而且必须修好。

我也明白了习近平总书记为什么一再强调学原典读原著！

所有的他人对原著的解读，都无法替代自己对原著的阅读，哪怕是艰难的阅读！

我明白了，资本就是韩毓海教授所指出的“买空卖空、票据投机，以及没有任何现实基础的信用制度”，资本的原意是“头脑”（CAPUT），资本主义的实质是脑袋支配躯干（CORPS），它是个头足倒置的体制，所以，资本主义无可救药。

事实上，我们生活的当下每一天，都生活在马克思的预言里。而无论如何曲折，共产主义必然是人类唯一的出口和终点。没有任何其他的选择。

2015 年，在我的一生中，都是重要的一年。我在这一年里，发生了巨大的改变。而且，我能够清楚地感觉出我的改变，并且完全明了，这种改变的意义与珍贵。

那一年，尤其是夏天，我沉浸在这样的巨大餍足里。甚至对一切世俗的欲望失去了兴趣。我真切地觉得，与人类命运、国家民族道路相比，个人的一切无足挂齿。

——到今天，我也依然不会驾驶汽车，没有汽车。然而我毫不在意。在很多人诧异的时候，我也并不解释。我完全没有把钱当作追求，没有多想这个问题。我记起青年毛泽东的一个故事。在长沙时，毛泽东同志到一个朋友家里做客，那个人当着他的面，得意扬扬地吩咐仆人买肉。于是，毛泽东同志从此不再与那人来往。

中央文献出版社出版的《毛泽东传》中记载：当时，他的朋友们，多有一种“奋斗和向上的人生观”，充满着以天下为己任的社会责任感。他们相约不谈身边琐事。他甚至说：“予谓人类只有精神之生活，无肉体之生活。”

这是真的，当生命走向辽阔与深刻，就不会再纠结于个人小事。当一个人把个体的命运和民族的命运联系起来时，天地是多么广阔，生命是何等光荣。

在这一年，当我的思考到了这里，很自然地，我意识到中国当代青年的荣光与使命。

所以，我在《发现滨海》里写道：

请看，这就是中国当代青年！我们并不是全部都迷茫颓丧，我们并不是全部被房价与物质淹没，我们也不会全部陷入你们精心炮制的历史虚无主义与所谓普世价值的谎言里，我们，就是这个国家与民族的希望！只要还有我们这样的年轻人，这个国家的红色就不会被轻易染黑！我们，已经睁开眼睛，不会再轻易被愚弄！

这清醒，本身就是一种壮丽！

那个时候，我已经清楚地感觉到，我是清醒的。

而2015年的舆论战线形势，与今天的情况并不相同。而世界大势，也不是今天的情况。所以，我为我的清醒而自豪！

并且，我自豪在这几年里，作为一个自觉的战士和信仰者，为捍卫我们的信仰，而作出的斗争。

我曾写道：中国共产党，不管需要等待多久，不管出现什么情况，我都要加入你！

成为一名真正的共产党员，为了人类的全面解放、全面发展、自由联合，奉献全部，是我从心里流出的信念与誓愿！

韩毓海教授说，康德曾指出人类最震撼的禀性，就在于为他人而工作，为后代而牺牲。马克思把这种人类的禀性，称为人的类本质。随着资产阶级市民社会的兴起，随着人们对个人利益的追逐，人的这种“类本质”却正在消失。于是，他从25岁起，就决绝地要去抓住这种正在消失的人的类本质。

我，一个普通平凡如草木、如我故乡那群老党员一样的中国当代青年人，也在此时，伸出手去。

在人类向着终极理想迈进的缓慢进程里，需要更多的，是我故乡那群老党员一样的没有名字的普通人，小人物。我愿意做这样的小人物。

我愿意，为了这个人世间唯一壮丽的事业，奉献全部。

无论将来有没有人在我的坟墓前洒下热泪。无论此时多么孤独！

上面最后两句话，是我写在朋友圈里的，我不知道，有多少人能够明白这个孤独与决绝？这是我的誓言，也是我的选择！

截至2021年6月，中国共产党党员人数已经有9500多万名。1949年之后的中国，在中国共产党已经取得军事、经济胜利后的这个70年里加入这个组织，应该可以肯定的是，只有好处，没有危险。而这也因此，无法甄别真正的信仰者与为了好处而入党的投机者。

当一个无产阶级政党成为执政党，入党只有好处，那么，如何甄别真正的忠诚信仰者？

党中央一再强调甄选出对党忠诚的年轻干部，但是，如何甄别？这是个需要认真考虑的问题。

104年前，十月革命胜利后，俄共(布)由在野党成了执政党，党的地位的变化对党的队伍也产生了很大的影响。一方面，各色各样的投机分子纷纷涌入党的队伍，使党的社会成分复杂起来；另一方面，党内某些经不起考验的党员滋长了骄傲情绪和官僚习气，丧失了党性，严重削弱了党的战斗力。

针对这种情况，列宁强调指出，无产阶级政党必须严格按照党纲所规定的程序和标准发展党员。

他说："徒有其名的党员，就是白给，我们也不要。"

2016年夏天，当我坐在宋平家旧址的树林里，读着列宁在一百年前的1916年所写的《帝国主义是资本主义的最高阶段》，思考着这个问题。

我看着脚下的泥土，我手中空空，然而我不能不想。

关于这片树林，我的女儿曾经写过一篇文章：

2018年10月12日，我们学校请到了王继军爷爷做红色教育报告。因为第二天，就是中国少年先锋队成立69周年的日子。

当我听到13岁的小红军在雪山上牺牲，当我们唱起：我们是共产主义接班人，眼泪打湿了红领巾。泪光中，我眼前浮现一片小树林……

那片树林，在莒县招贤镇大罗庄村，在我妈妈的办公室窗前。那是101岁的中共中央政治局原常委宋平爷爷家的老房子所在地。他是我们育英中学的校友。90多年前，9岁的宋平跟随兄长宋寿田从莒县来到济南。沿着同一条路，我也进入了育英的校门。宋平爷爷是我们骄傲的校友，也是对我影响最大的一个人。尽管这种影响是间接地，通过我妈妈来完成的。

我的妈妈大学毕业后在济南工作，后来她撰写了两部关于宋平爷爷和莒县、滨海根据地老党员的书后，被老人们深深感动，就主动申请到位于莒县招贤镇大罗庄村的本色老党员事迹展览馆工作。大罗庄村，就是宋平爷爷的老家。本色，是妈妈一本书的名字。妈妈离开省城到村子的时候，我读三年级，现在已经4年了。4年来，妈妈在那个偏僻的村子里，守着和宋平爷爷一样在1949年以前加入中国共产党，后来又留在农村，没有进城工作的300多名老党员。老党员过生日，妈妈都去看望，老党员去世，妈妈难过痛哭。有一个叫孙振喜的老党员爷爷去世后，妈妈哭了好几天。后来我看到她写的一首诗里有一句：孙振喜爷爷墓上的草都已经绿了，我还在等他的那声晚安……

每年暑假，我都去妈妈的展览馆。那里距县城几十千米，蚊虫叮得我全身是包，没有书店，没有商场，也没有巧克力。我每次去两天就要回济南。可是妈妈已经在那里待了4年，她是怎么坚持下来的呢？

妈妈让我看那片树林。夏天，树叶绿得鲜亮。冬天，树叶落下，树林铁骨银画。1993年，宋平爷爷回家时让在这里种上树。他说，树林能给大家遮阴，木头给孩子们做课桌。妈妈说，当年，宋平爷爷就是在那里出生、背书的。也是从那里，离开家，到济南，到北京，到延安，再到中南海。妈妈的书架、桌子、床上，摆放着厚厚的《马克思恩格斯全集》《列宁全集》《毛泽东选集》《习近平谈治国理政》等。

她说，这就是答案。

人一生，应该怎样活，才有意义和价值？应该追求什么？钱、舒适、名利，还是要为祖国、民族做点实在的事情？

本色展览馆里，除了宋平爷爷的故事，还有一大批老党员的故事。他们在1949年之前入党，那时候入党没有任何好处，只有危险和牺牲。他们为祖国作了很大很大的贡献，然而在中华人民共和国成立后，却没有进城工作，而是留在农村种地。妈妈说，这些老党员是全天下最可爱的人！

老党员们每一个都眷恋、喜欢妈妈。每次都扯着袖子不让她走，妈妈走远了，回头看看，那苍老的、穿着粗布衣服的身影，还在村口站着。

我曾经怨恨过妈妈，怨她一个名校毕业生到乡下，怨她因此减少了对我的照顾。我最期待的电影上映了，妈妈却不能带我去看，让我到空调都没有的乡下看这些老人。开始，他们粗糙开裂的手摸我头时，我都要躲开。妈妈和他们一起拔草、烧火做饭时，我都在一边表示不满。听妈妈讲他们的故事后，慢慢地，我也不觉得他们不干净了，后来我也给他们梳头了……

今年中秋节，妈妈带我去看一个生病的老党员。月亮很圆，妈妈让我听电话。电话里，是一个苍老的声音，说，唐苡轩，爷爷祝你中秋节快乐，好好学习，做共产主义接班人。

妈妈说，他是贺敬之爷爷。《回延安》《白毛女》的作者。他也是老党员。

我明白了。如同老党员奶奶对妈妈的称呼：同志。他们是同志。有共同的信仰和理想，他们毕生为了这个信仰而奋斗！不管他们官大官小，不管曾是政治局常委的宋平爷爷，还是曾任中央宣传部副部长的贺敬之爷爷，还是那300多位留在农村种地的老党员们，还是“80后”的妈妈，他们，是同志！

现在老党员们老了，但是他们的事业，他们的理想，他们的信仰已经传递到年青的一代。妈妈是“80后”，从她对信仰的忠诚和坚定，我看到了老党员爷爷奶奶们的信仰是有生命力的。有一天，我也会沿着他们的足迹，追随他们的道路，和全国的少年队员一起，把我们的国家建设得更加强大。

少先队员应该如何度过我们的一生？我们学习的仅仅是为了自己成名成家，买房买车吗？不。我们应当在有限的生命里，为人间遮阴，为祖国奉献，为时代、为民族托举出一片绿茵。

树林飒飒，如同爷爷奶奶在和我说话……

离　别

我无法不写到离别。

2014年我初次回去，老党员的数量是1052名。现在，只有192名。在这7年间，我送别了多少位老人？而且是，永不再见！

谁知道我的感受？当有人说我傻，我想，如果他们也如我一样经历过这些，他们也会与当下不同。

老党员孙振喜

2017年10月1日早晨，高高兴兴给孙振喜爷爷打电话，接电话的不是他，是他的侄子。我心中已经开始害怕。等那边说，老人不在了……走了两天了。

我大哭。不能止。

就在三天前，我打电话，他还很清醒。跟我说，过节，回家吧！等过了节，再来。

我不听。我想等一放假，我就过去。

所以国庆节的第一天早晨，我在出发前给他打电话。

我没有想到老人的离去，这么突然。在赶去的路上，秋雨透骨，田野岑寂。

爷爷，你走了。我依然来看你。只是你家已经空了。上次你躺着的木床已经被移走。而我的那两本书，本来一直在床头。爷爷，你的没有油漆过的木门半闭，再也不会有你高大的身躯推开它。

门口泥泞，那丛月季花在雨中奄奄一息。明年花开，再不会有你背着粪筐经过了。

老人的后人说：前两天他就有时陷入昏迷，嘴里嘟囔说什么，赶集、买油条……

我的眼泪和秋雨一起落下。雨水冰凉，热泪滚烫。

我知道，他说的是什么……我和老人说过，小时候最喜欢和我爷爷一起赶集，爷爷给我买油条……在我们那里，我小的时候，油条是只有赶集过节，才能买到的食物。当时我说的时候，我看到了老人眼中的无力……他已经没有能力带我去赶集了……我的老人们，他们对我都是一样的态度：恨不得倾其所有，可是，他们老了，他们没有任何能力保护我了……

这是让我每每想起，眼泪倾洒的原因。

生与死的距离，只隔一张锋刃般的纸。

那天是我的生日，我不祝自己生日快乐。爷爷，你知道，快乐非我所求，我想要的是实现价值。

爷爷，在这一天，我选择去看你，并且，在这空空的屋里，哭出来。

我充满恐惧。

他们走了，没有人再像他们一样对我了。如果他们全部走了，我的心里，该是何等巨大的空洞！

有着 74 年党龄的孙振喜爷爷，离开这个世界。他当过最大的官，是村支部书记。他无数次上战场，包括解放济南。在济南，他和战友们一起只来得及学会一句：晚安；没去看一眼大明湖、趵突泉，就又随部队开拔，开始新的征战。

当年的骑兵排长孙振喜平时说的最多的一句是：要解放全人类。

这一句的深刻含义，并不是一句两句可以涵盖。

张凤臻奶奶在去世前一个月，断断续续地和我说的，是这样一段话：

咱分局，现今在济南府了，要是有事（危险），怎么办？谁来管？

那一瞬间，我的眼泪夺眶而出！

这就是老党员，她们自己的生命即将结束，可是，她惦记的，依然还是这个党组织，这个她们从青年时代就保护、忠诚的组织！

在这一批党最困难时候入党的老党员眼里，组织是需要保护的，而不是去从组织那里捞取好处的！

是的，张凤臻最后一句与我说的话是：组织。

她说的“咱分局”，就是当时的中共山东分局，今天的中共山东省委。这个分局，从她青年时代，就在她的家附近，她对它，是亲切的，是平视的。

2019 年 8 月 13 日，在张凤臻惦记着的济南府，在当年的中共山东分局、今天的山东省委的招待所南郊宾馆，我的《发现滨海》获山东省第四届泰山文艺奖。这个奖，是中共山东省委、省政府所颁发。

当我从山东省委宣传部领导手中接过泰山文学奖的奖杯，我在那个时候，想到的，是对张凤臻说：

请您放心！我们青年一代已经成长起来，我们会保护、忠诚这个你们保护了一生的组织，这个在咱们滨海根据地驻扎了 5 年的党组织——中国共产党山东省委！

他们仅仅是一群农村老党员吗？不。他们是中国共产党的初心！

在他们的粗布衣服和皱纹里，每一根布线和皱纹的走向，都闪耀着中国共产党人的初心和本色。

任何人，请看到这一点！

请看到中国共产党人比黄金珍贵，比太阳明亮的初心和忠诚！

他们，是中国共产党人的来路。

执政70多年了，建党100年了。在一些进城的共产党人已经忘记了来时土路的时候，在很多青年人，加入这个组织只是为了当官、提拔、捞好处的时候，他们的存在，提醒着这些迷路的共产党人：是为了发财吗？为了升官吗？为了成为当年他们要打倒的那一类人吗?!

是他们的初心，照亮了我。照亮了我本来迷茫的眼睛。

整个中国，整个大地，在走到今天的时候，最亟待你们身上的泥土来照亮。

2020年春节，新冠肺炎疫情袭来时，大罗庄村92岁的1946年入党的老党员宋运明，弯着腰到村党支部，要求到村口值班。大罗庄村，这个英雄的村庄，莒县红色火种的发源地，现在，中华人民共和国成立前入党的老党员，只剩了他一个人了。然而，老人衰老瘦弱的身体里，有一股力量，它让一切想要摧毁这个国家与这个民族的敌人胆寒……

我们的本色老党员事迹展览馆，在山东，在黄海边的莒平原，在大罗庄村。

从它向北30千米，就是大北杏村，中共山东党组织的创始人王尽美出生的地方。1925年，病重返乡的王尽美的护送者之一，叫宋寿田。他就是大罗庄的人，他是王尽美发展的党员。

宋寿田有个弟弟，幼年丧母，宋寿田抚养他长大，带他去济南读书。

这个长相清秀的男孩，就是宋平，参加革命后曾担任中共中央政治局常委。

2021年，他已经104岁。

第三章　两名老党员的启发

到 2016 年年初，我解决了对普通劳动者、对人民的认识问题。

我以为，这一点非常关键。如果不解决对最普通劳动人民的感情问题，很难说得上是一个马克思主义者。

我在这几年里，把双脚深深地踩进大地。对普通共产党员、对人民群众的价值和意义，有了深刻的认识。

那么，身处中国共产党内高位的共产党员是什么情况？他们对待信仰，是不是如基层普通党员一样忠诚？

到目前为止，有两位在中国共产党内身处高位的共产党员，对我构成了影响。两位老人分别是：张全景、贺敬之。一个 88 岁，一个 96 岁。两位年龄加起来近 200 岁。

我之所以把他们放在一起叙述，是因为，他们对于我，原来只是存在于遥远的书籍，而终于成为切近的、亲切的同志与前辈。

他们都是中国共产党的高级干部。张全景曾任中共中央组织部部长，贺敬之是诗人、剧作家，曾担任中央宣传部副部长、文化部代部长、党组书记，是中华人民共和国文学史上不可越过的人物。

张全景

本色馆前面，有一块石头，上面是八个大字：红色精神，代代相传。落款是张全景。这是另一位中共中央组织部原部长。老人在2014年到访展馆，并留下了这个题词，我们勒石以记。

在我对理论的学习、阅读过程中，除了原典之外，还有几位学者、领导干部的作品给了我很大的启迪与影响。其中，第一位，就是北京大学的韩毓海教授。

此外，还有中国人民大学周新城教授，中国社会科学院王伟光院长、朱佳木教授、朱继东教授、余斌教授，南京大学姜迎春教授，山东省委党校戚桂峰教授，此外，就是张全景老部长的理论文章。

张全景指出："国际共产主义运动的经验告诉我们，如果在意识形态上出了问题，就会前功尽弃，甚至造成失败，这是有非常惨痛教训的。苏联共产党是一个成立了近百年的党，苏联是有70多年历史的国家，但是垮塌却在一夜之间。东欧剧变是一个从渐变到突变、量变到质变的过程，其失败的原因是多方面的，其中一个重要原因是失败在意识形态领域。社会主义国家意识形态领域的斗争，归根到底是阶级斗争、两条道路的斗争。我们要认识这种斗争的长期性、严重性。如果在思想上放松了这根弦，就等于自己解除了武装，那样迟早是要失败的。"

应当说，我在意识形态领域的认识主要得益于侯惠勤教授、朱继东教授、另外就是张全景老部长。他们的著作让我明白了：任何真正的社会革命都是意识形态的革命。而文学在这个革命中，担负着特殊重要的任务。

2017年，张全景在一篇文章中明确指出："意识形态领域的阶级斗争是长期的、复杂的，有时还是很尖锐的。过去常说阶级敌人人还在、心不死，这是有道理的。现在第一代的人不在了，第二代、第三代还在，我们绝不能放松警惕。西方搞颜色革命，搞和平演变，这些人就是内应。里应外合，弄不好是要出大问题的。当然，我们党的政策不是唯成分论，但谁反党、反社会主义、反毛主席和毛泽东思想也不行。”

“学会用阶级和阶级分析的方法看问题、处理问题。我看现在有些同志就是不愿意用阶级和阶级斗争的理论来看问题、处理问题。面对意识形态领域的阶级斗争，他们总是不肯面对，总是把严重的阶级斗争问题轻描淡写成学术问题，总是采取‘捂’和‘盖’的态度。斗争是客观存在的，‘捂’和‘盖’就没有了吗？就能解决问题吗？不可能的。采取‘捂’和‘盖’的态度，不管动机如何，客观上只能是助长错误思潮的气焰，而束缚广大党员群众的手脚，结果是让错误思潮越闹越凶，而让广大党员群众寒心、灰心。这样做一两回问题还不大，如果一贯这样做，广大普通党员和群众就会认为你不向着党和群众，认为你偏向错误的东西，而你又是代表党的，久而久之就会让广大群众产生与党离心离德的情绪。尼克松写的《1999：不战而胜》不就是鼓吹这类东西吗？有些社会主义国家不就是败了吗？这是一场没有硝烟的战争，我们应当清醒。”

这些话，是实打实的大实话。很多人却因为怕影响自己的利益，不敢说。这么毫不退缩、清晰痛快地直接说出来，说明白，对我们这些青年人，是多么重要！因为很多人被错误引到了自己所不属于的队伍里！非常令人痛心。是什么促使他说得这么酣畅淋漓？

——一个老共产党员对党的赤诚和炽热！

贺敬之

2018 年 5 月，我第一次见到了贺敬之先生。9 月，在参加全国青年作家创作会的时候，第二次见到。

第一次见到老人的时候，我还没有读过《贺敬之文集》，对老人的认识只停留在《白毛女》《南泥湾》《回延安》。那时，我是把老人当作我的老党员群体之一，更多的是亲切。

2018 年 6 月，我购买了全套六卷本的《贺敬之文集》，认真阅读完毕以后，我对中华人民共和国文艺史有了全新的、系统的了解。对什么是社会主义文艺、人民的文艺，以及文艺与政治的关系，有了深刻的了解。对贺敬之作为党的文化战线高级领导人的理论高度、政治良知有了更深的体会。

这对我来说非常重要。那就是，我意识到：干部之所以是干部，在理论水准、在前瞻高度上，确实与普通党员群体不一样。

而在此之前，因为我常年与我的农村老党员在一起，他们是党内普通党员，我没有机会接触高级别的党员干部，所以对这一点，没有很明确的意识。

我开始意识到，难怪毛主席说："政治路线确定后，干部就是决定的因素。"

从这个时候开始，我开始思考干部对中国革命、建设的特殊意义，以及责任。是的，我的思考、进步，就是这样缓慢、细微；是的，一点点的、细微的进步。

《贺敬之文集》中指出：

"这几年，一些人羞于讲政治，社会主义就是我们的政治纲领。没有社会主义的政治，就没有社会主义的文艺。"

"要求文艺完全配合政治，是不对的。但是文艺不能脱离政治，文艺作为上层建筑的一个部分，作为意识形态的一种形式，它反映生活，其中也包括政治生活、政治斗争、政治理想。"

"我们不能说社会主义文艺都是党的文艺，但不能排除党的文艺。而且它应该成为主导。”

“如何认识社会主义，认识我们的时代。这个就需要用马克思主义的立场、观点、方法去认识时代。”

以我的切身体会，认识社会主义，认识时代，这个是基础。这个对于很多人是困难的。既有态度上的问题，也有能力上的问题。要么偏激，要么主观，要么自以为真理在握，而抱残守缺，却对青年人横加指责。

那么，怎么才能树立马克思主义文艺观呢？

“马克思主义的文艺观是建筑在实际生活的基础上的，如果不去与人民群众打成一片，来一个思想情感上的变化，就不能理解毛泽东文艺思想为何物。因为没有那个感情，没有那个体会。”

“根本途径就是学习马克思主义，深入社会实践，把马克思主义和实际生活不断地结合起来。”

这也是我切身的体会！两者缺一不可！

我对此，是有满肚子话要说的。如果没有感情上的转变，那根本就不要谈马克思主义文艺观。而如果没有对马克思主义的学习，没有真正进入生活，与群众切实地打成一片，就不要谈马克思主义文艺观。

是的，如果我没有这几年在基层的经历，不和最基层的老党员、群众打成一片，我就不会知道什么是马克思主义文艺观。

“重要的是教育青年一代。青年是我们社会主义文艺能不能继续沿着毛泽东所指引的道路发展下去的关键。在新的时期，我们的文艺是不是能够健康地发展，主要取决于我们青年一代。”

这个观点，到今天，当然也成立。事实上，这两卷文集里的观点，放到30年后的今天，都是成立的！甚至，你会看到，原来，这种矛盾、对立，在那个时候就已经存在，今天，实质是一样的。

“有人说既然提倡百花齐放，那么就是多元，马克思主义只是百家中的一家。于是，他们竭力压制马克思主义，宣传马克思主义的文章不能发表，以马克思主义观点进行文艺批评的人受到压制，被扣上‘左’的帽子，这是十分深刻的历史现象。双百，是有党的领导的，我们承认真理像长河和大海，是不断发展的，是斑斓多彩的。但这不等于多元化。从哲学上讲，真理的多元化之说是错误的。世界是物质的，物质是运动的，精神是高度发展的人脑的产物。这里有什么多元？所以，马克思主义的根本观点是真理。我们搞社会主义文艺的人，在这个问题上不能含糊。”

“文艺本身有各种不同的层次，社会主义文艺的方向只有一个，就是社会主义方向。”

这些观点，给了我极其重要的指导和启发！

在此之前，我对社会主义文化的理论方面，除了原典之外，比较熟悉的是作家出版社出版的一本《马克思恩格斯论文艺》，另外，就是北京师范大学出版社出版的一本《马克思主义文化理论研究》，但是这些都是纯理论的著作，而贺敬之既是写作者，又是文化战线的领导者，他的这些观点，少了任何一个身份，都没有这么大的说服力度。

“鲁迅说过，革命是痛苦的，其中必然混有污秽和血，绝不是诗人所想象的那般有趣，那般完美……如果不明白革命的实际情形，自称左翼的人往往很容易变成右翼。”

“革命也会有错误，有挫折，个人很可能要受点委屈，如果不能认识到这一点的话，那就等于没有深刻地认识革命。同时，想一想自己，也确实还是有需要自我批评、需要提高的地方。”

“我这一生为党、为人民做的工作太少，而缺点错误很多。我唯一自信的只是：无论是过去，还是今后，都不会改变初衷。”

老人说：“我从来没有变过。”

这句话，一直回响在我的脑海里。每次想起，在孤独时，在不被理解时，心里都会慢慢鼓荡起力量。

“1991 年底，我在医院病床上等待手术，我们听到了苏联解体、红旗落地的大消息……一起面对着远在千里的那面落地的红旗，又一起面对着近在咫尺的天安门广场上正在飘扬的红旗，你一定能想象得出：我们想的是什么，谈的又会是什么……向来不失眠的我，那几天几乎是彻夜地难以合眼。我眼前总是流着延河的水，流着黄河的水，情不自禁地低声哼唱着《白毛女》，又哼唱着《黄河大合唱》……你会设想到，我想的是什么。在此后许多年，直到将近耄耋之年的今天，你可以设想，我想得最多、最强烈、最长久的是什么……”

从这样的话语里，我深深感受到的，是一个共产党人炽热的、对组织流淌在血液里的忠诚……

在我眼里，眼前这位名满天下、著作等身——是的，只要这个世上还有穷人，只要穷人还不甘心永世为奴，那么，《白毛女》就会永远传唱，贺敬之这个名字也会永久地留在世界劳动者阶级心里——已经90多岁的老人，还是80年前那个14岁，从山东到陕北，在窑洞里写下《白毛女》的小八路，无论他后来官职如何，诗艺传世，他都首先是那个穿着灰布军装的小八路，是在黄土高原郑重举起拳头宣誓的共产党员。

——永远。

2018年9月，北京

两位耄耋老人，两名中国共产党员，他们全部来自山东，他们用他们一生对中国共产党、对马克思列宁主义、对人民的感情，用他们的实践与认识，给予了我和无数后来者宝贵的启迪。

两位老人，近一个世纪的革命历程，汇入了中国共产党一百年来，在世界社会主义运动史、中国共产党执政史、人类社会发展史的伟大斗争、探索、实践中。他们用全部的青春、热血、忠诚，在近一百年的时间里，为党、为人民、为民族、为国家作出了他们应有的贡献，这样的生命，是壮美的、无悔的！这样的生命，永远被铭记……

第四章 走近马克思

我已经说过，我在 2014 年第一次开始接触关于马克思的书籍，是韩毓海教授的《一篇读罢头飞雪：重读马克思》。

是的，我是从一部解读马克思的作品走近马克思的。

在这 7 年的时间里，我购买、阅读过几种不同版本的书籍，支撑我对他的学习。

第一种，是人民出版社 2014 年出版的马列主义经典作家文库著作单行本。这一套一共 16 册。它的好处是方便携带，便于在旅途、出门时候，随身携带。事实上，它们是我在这几年里乘车、等车时，背包里经常携带的物品之一。

第二种，是人民出版社 2009 年出版的《马克思恩格斯文集》，共 10 卷。

这两种均购自山东书城。这次购买十分成功，质量极好，读来十分悦目，我爱不释手！连批注都不舍得留下。唯一不便，就是太厚。适合在家的时候，深夜摊开，放在书桌上，洗净双手，来读。

还有一种是人民出版社 2006 年出版的《马克思恩格斯全集》，共 50 卷。这套书购自某网站，收到后，发现字间距、行间距，以及纸质与其他从书店买到的版本有明显差距，阅读体验也很不舒服。我怀疑不是正版，但是当时迫不及待地阅读批注，留下痕迹后，不能再退货了。后来事实证明，对于一个常年读书的人来说，阅读体验很重要。如果一套书让你感觉不舒服，那么捧起的概率就会减少。

最璀璨的花朵

马克思说，每个人面对的，只能是他自己的问题。

他还说，人的知识从哪里来的？每个人的认识都有他的道理。这就是人的社会存在决定社会意识。你的存在，你所处的位置，决定你的意识。

所以，每个人进入马克思主义经典这个宝库，都有自己的入口。而迄今为止，我个人对马克思的哪一句话最刻骨铭心？

就是这句：人的本质不是单个人所固有的抽象物，在其现实性上，它是一切社会关系的总和。（《马克思恩格斯文集》第 1 卷，人民出版社 2009 年版，第 505 页）

这句话，出自《马克思论费尔巴哈》，这个名篇，分为了 11 个小节，其中，最后一个小节更为著名。它就是那句：

> 哲学家们只是用不同的方式解释世界，而问题在于改变世界。

为什么我会对这句极其认同？因为，我是从这一句明白了：如果人失去社会属性，而只保留生理属性，那么，就事实上不存在了。

人必须在一定的集体里，和周围结成结实的关系，才能存在。很大意义上，人是以社会关系的方式来存在的。

人活着，还有什么比存在，更重要呢？

人必须首先要确认，自己在这个世界上，要以什么样的方式存在，这是非常重要的。然而，并不是所有人，都能够明白这一点。

所以，我要感恩马克思。

马克思是谁？

恩格斯说：第一个给社会主义，因而也给现代整个工人运动提供了科学基础的人，就是卡尔·马克思。(《马克思恩格斯文集》第3卷，人民出版社2009年版，第451页）

恩格斯在《卡尔·马克思》(《马克思恩格斯文集》第3卷，人民出版社2009年版，第457页）中指出：

在马克思使他的名字永垂于科学史册的许多重要发现中，这里我们只能谈到两点。第一点就是他在整个世界史观上实现了变革。以前所有对于历史的见解，都以下述观念为基础：一切历史变动的最终原因，应当到人们变动着的思想中去寻求，并且在一切历史变动中，最重要的、决定全部历史的是政治变动。可是，人的思想是哪里来的，政治变动的动因又是什么——关于这一点，没有人发问过……这种新的历史观，对于社会主义的观点有极其重要的意义。它证明了：过去的全部历史都是在阶级对抗和阶级斗争中发展的……

马克思的第二个重要发现，就是彻底弄清了资本和劳动的关系，换句话说，就是揭露了在现代社会内，在现存资本主义生产方式下资本家对工人的剥削是怎样进行的。

换言之，马克思是马克思主义的主要创立者。从巴黎公社到1917年十月革命，到苏联的建立与实践，到波澜壮阔的中国革命，以及中华人民共和国的建立，中国共产党在世界东方的100年实践，都建立在马克思的这些发现之上。

此外，我个人最喜欢的一篇马克思的文献，是《1844年经济学哲学手稿》。

此外，1848年1月9日在布鲁塞尔民主协会召开的公众大会上，马克思发表的《关于自由贸易问题的演说》，在当下，美国向中国发起贸易战的时刻，更是淋漓尽致地剥下了资本主义自由贸易的虚伪面纱。

在这个演说中，马克思说，一个工人在一次群众大会上，大声喊道：

“要是地主出卖我们的颌骨，那么，你们这些厂主就会首先买去放到蒸汽磨中磨成面粉！”

马克思一针见血地指出：“先生们！不要受自由这个抽象字眼的蒙蔽！这是谁的自由呢？这不是一个普通的个人在对待另一个人的关系上的自由。这是资本家压榨劳动者的自由。”

这，就是哈耶克所推崇的自由，这就是西方国家自由民主的实质。

让我们来做个总结：在当今社会条件下，到底什么是自由贸易呢？这就是资本的自由。到底什么是全球化？就是资本的自由。只要雇佣劳动和资本的关系继续存在，就永远有剥削阶级和被剥削阶级存在。

马克思指出，生产资本越增加，它就越是迫不得已地为市场而生产，生产就越是超过消费，供给就越是力图强制需求，结果危机的发生也就越猛烈而且越频繁。另一方面，每一次危机又加速了资本的集中，扩大了无产阶级的队伍。因此，生产资本越扩大，工人之间的竞争就越加剧，而且激烈的程度大大超过以前。大家的劳动报酬都减少了，而一些人的劳动负担也增加了。

他说，工人人数永远都是太多了。

他说，在最有利和最不利的情况下，从劳动和资本的关系，从资本本身的本性所得出的结论都是：工人的供给总是超过对劳动的需求。

这样痛快淋漓的句子，难道不是一些在西方长期洗脑下，被这些美妙字眼所欺骗的人，所应该马上思考的吗！

正如列宁在《国家与革命》中指出的：“每隔几年决定一次由资产阶级中什么人在议会里镇压人民、压迫人民——这就是资产阶级议会制的真正本质。”（《国家与革命》，人民出版社 2015 年版，第 47 页）

事实上，这样精彩绝伦、以最少的字数指出最本质的问题，在马列的书中，比比皆是。它带给人的享受，与文学作品的沉浸完全不同，它是利剑，是寒光闪闪的刀戟，是清醒剂，是万顷蓝空，是酣畅淋漓的洗礼，是无可比拟的至上享受。

是的！在我的体验里，世间的愉悦，很少能有及得上阅读它的过程了！

那强大的说理能力，无比严密的逻辑，无比准确的遣词造句，你会在阅读它的时候，深深感受到：这确实是人类的最精华、最璀璨的思想花朵。你浏览和流连的，是世界上最美丽的花园，它无比广阔，而灼灼盛开。

再也没有比这样的快乐，更加应该值得追求和享受的了！

是的，这是至上的享受！

我个人也遇到了阅读上的困难。原因是，我大学所学的专业是汉语言文学，对经济学领域毫无接触。此外，在阅读马克思的过程中，我还意识到，必须熟悉世界历史。如果不熟悉欧洲历史，不熟悉马克思和恩格斯笔下的历史事件，那么，德国农民战争、法兰西内战等，这样篇目的阅读，一定会受到影响。

因为缺乏经济学知识，在《资本论》的阅读中，自然遇到了障碍和困难。每当艰难地读完一点，心底都会浮起对马克思的由衷惊叹！他的知识之广博，对每一个领域研究的深入与透彻，是多么值得我们佩服！

《资本论》的重要，无须赘述。

恩格斯《在马克思墓前的讲话》中，概括了马克思一生的贡献。他说，马克思在他所研究的每一个领域（甚至在数学领域），都有独到的发现，这样的领域是很多的，而且其中任何一个领域他都不是肤浅地研究的。但是，马克思最重要的贡献则是他的两大发现：一是发现了人类历史的发展规律，即唯物史观；二是马克思还发现了现代资本主义生产方式和它所产生的资产阶级社会的特殊的运动规律，即剩余价值论。中共中央编译局编辑出版的《马克思恩格斯全集》第 2 版，计划出版 70 卷，其中，仅《资本论》手稿，就有 16 卷。

此外，马克思的哲学，是马克思主义的世界观和方法论。马克思的哲学著作在哪里？就在《资本论》中。

《资本论》是马克思主义政治经济学的奠基之作。在当下，马克思所研究的社会形态即资本主义生产方式，迄今为止，依然是人类社会中占据支配地位的生产方式。

那么，我们要了解当代世界经济，必须了解资本主义生产方式。资本论所研究的，正是资本主义生产关系以及和它相适应的生产关系与交换关系，目的就是解释现代资本主义社会的经济运动规律。

那么，资本主义的经济规律是什么？

资本主义是一种生产关系、一种经济制度，即雇佣劳动制度。一方面，一些人拥有大量财富，这些人，就是资本家；另一方面，另一些人一无所有，双方通过劳动力市场进行交易，完成雇佣。

这样，资本获得了对劳动力的支配权，劳动者创造的价值，一部分表现为工资，另一部分是剩余价值。最大限度地追求剩余价值的增加，这是资本主义的铁律。

在资本积累中，资本追求剩余价值最大化，总是极致地压低劳动者的工资，这样，必然造成一个矛盾：生产的无限扩大和劳动者购买能力的永远狭小之间的矛盾。《1844年经济学哲学手稿》中早已经指出：当资本家盈利时，工人不一定有利可得，而当资本家亏损时，工人就一定跟着吃亏。

很难形容《1844年经济学哲学手稿》给予我的震撼。这部由序言、笔记本、工资、资本的利润、地租、异化劳动和私有财产等几个部分组成的重要文献，它最后在笔记本三中，所描述的异化的表现：

"穷人的地下室住所却是敌对的、具有异己力量的住所，只有他把自己的血汗献给它时才让他居住；他无权把这个住所看成自己的家园，而只有在自己的家园，他才能够说：这里就是我的家；相反，他是住在别人的家里，住在一个每天都在暗中监视着他，只要他不交房租就立即将他抛向街头的陌生人的家里。他同样知道，就质量来说，他的住所跟彼岸的在财富天国中的住所是迥然不同的。"

"完全违反自然的荒芜，日益腐败的自然界，成了生活要素。他的任何一种感觉不仅不再以人的方式存在，而且不再以非人的方式甚至不再以动物的方式存在。……连野蛮人、动物都还有捕猎、运动等的需要，有和同类交往的需要。"

……

这样的语言，对人类历史上曾经有过的工人阶级的困境，做了精确到无法再精确的描述。仅仅因为这样强悍的叙述能力本身，马克思就可以作为人类历史上最伟大的文学家之一而永留史册。

马克思在《论土地国有化》中指出：地产，即一切财富的原始源泉，工人阶级的未来将取决于这个问题的解决。……我认为，社会运动将做出决定：土地只能是国家的财产。把土地交给联合起来的农业劳动者，就等于使整个社会只听从一个生产者阶级摆布。土地国有化将彻底改变劳动和资本的关系，并最终消灭工业和工业中的资本主义生产方式。……靠他人的劳动而生活将成为往事。农业、矿业、工业，总之，一切生产部门将用最合理的方式逐渐组织起来。生产资料的全国性的集中将成为自由平等的生产者的各联合体所构成的社会的全国性的基础，这些生产者将按照共同的合理的计划进行社会劳动。

当我坐在大罗庄的田野里，读这些文字，我的心中，如同雪水洗过一样明亮。

为什么要坚持土地集体所有制？为什么习近平总书记一再叮嘱“无论怎么改，都不能把集体所有制改没了”。

为什么宋平同志在20世纪90年代，一再强调，农民问题，是中国革命与建设的根本问题。

是的，从此时，我开始思考土地与农民的关系，开始从土地这个角度，来思考中国革命的正当性与农民在新民主主义革命中的重要作用，并且在2020年写出了《大罗庄——一个村庄与一个政党的百年长征》。

在这部书中，我把全书分为两卷：上卷“革命”，下卷“建设”。它的线索，正是农民与土地的关系。

此外，资本主义社会的不治之症，是生产社会化和生产资料私人占有之间的矛盾。这是资本主义社会的基本矛盾。它必然要狂奔向的历史趋势是：生产资料的集中和劳动的社会化达到了同资本主义外壳不能相容的地步，这个外壳，只有炸毁一条路。这就是马克思在25岁时写下的《黑格尔法哲学批判》中所指出的：

无产阶级宣告迄今为止的世界制度的解体，只不过是提示自己本身的存在秘密，因为它就是这个世界制度的实际解体。

那么，到了这个时候，剥夺者，就要被剥夺了。

这就是，资本主义生产自己的掘墓人，它就是无产阶级。

这就是为什么无产阶级“失去的只是锁链，我们获得的将是整个世界”。

这就是为什么，人类的方向必然——只能是社会主义、共产主义。

19世纪末20世纪初，资本主义进入了帝国主义阶段。列宁在《帝国主义是资本主义的最高阶段》中指出，帝国主义是过渡的资本主义，或者更确切地说，是垂死的资本主义。

第二次世界大战后，资本主义的发展一度进入黄金时期，20世纪80年代末90年代初，苏联东欧剧变，使得资本主义的辩护士们发出历史终结的狂呼。然而，21世纪到来后，2008年的金融危机让它的两极文化、经济危机、生产垄断等问题显现。全世界越来越多的人看到了：资本主义生产的真正敌人，就是资本自身。

社会主义和共产主义

马克思主义是科学社会主义的理论基础。

人类的历史表现为人类不同的生产方式和交往方式之间的斗争。马克思主义所揭示的社会发展规律，是从资本主义社会向社会主义和共产主义过渡的规律。

马克思主义的目标是消灭资本主义，实现社会主义和共产主义。

中国共产党之所以叫共产党，就是因为从成立之日，就把实现共产主义确立为远大理想，并因此能够经受一切挫折、磨难，从胜利走向胜利。

我们是唱着“我们是共产主义接班人”长大的。那么，什么是社会主义、什么又是共产主义呢?

我发现，在马克思和恩格斯的经典文献中，社会主义和共产主义经常是作为同义词加以使用的。不过，为了把自己的理论与当时流行的各种空想、改良社会主义区别，马克思和恩格斯更多地使用共产主义，而不是社会主义来表达、阐释。

他们也为我们揭示了未来共产主义社会的基本经济特征。

这些特征是：实现人的自由全面发展、建立自由人的联合体；消灭私有制，生产资料社会占有；共产主义高级阶段实行按需分配，低级阶段实行按劳分配；社会生产有序调节；等等。

最早，在1875年的《哥达纲领批判》中，马克思把共产主义社会分为高级和低级两个阶段。从列宁开始，逐步把社会主义与共产主义区别开来，把马克思说的共产主义的低级阶段，称为社会主义社会，把马克思说的共产主义的高级阶段，称为共产主义社会。

而我们必须明确的是：社会主义和共产主义并不是截然不同的两种社会制度，而是同一个社会制度的不同发展阶段。

邓小平同志曾经指出：

“马克思主义的另一个名词，就是共产主义。我们多年奋斗，就是为了共产主义，我们的信念理想就是要搞共产主义。”

他还强调：

“我们马克思主义者过去闹革命，就是为社会主义、共产主义崇高理想而奋斗。现在我们搞经济改革，仍然要坚持社会主义道路，坚持共产主义的远大理想，年轻一代尤其要懂得这一点。”

习近平总书记明确指出：无论怎么改革，我们必须坚持科学社会主义的基本原则。中国特色社会主义是社会主义而不是其他什么主义。科学社会主义基本原则不能丢，丢了就不是社会主义。

这个科学社会主义，就是马克思主义。

马克思主义，又叫科学社会主义。科学社会主义基本观点是：资本主义必然灭亡，社会主义必然胜利。无论哪个社会形态，在它所能容纳的全部生产力发挥出来之前，是决不会灭亡的；而新的更高的生产关系，在它的物质条件于旧社会的胞胎里成熟之前，是绝不会出现的。

什么是马克思主义?

简言之，马克思主义就是关于人类社会发展规律的学说。

在马克思、恩格斯两位导师20多岁的时候，他们就提出了关于人类社会发展规律的科学理论。马克思主义学说就是对人类史的研究，他们的研究目标，就是要发现人类社会和历史的发展规律。

马克思主义的基本方法和路径是什么?

《德意志意识形态》中有一句话：应当根据经验来揭示社会结构和政治结构同生产的联系，而不应当带有任何神秘和思辨的色彩。在此之前，人们研究人类和人类史，都是从宗教、概念、普遍的范畴出发的。

韩毓海教授说，如果把人类知识和思想比作一个大厦，那么，马克思的学说就是这个大厦的钢筋龙骨。离开马克思的著作和思想，比如，生产、生产力、生产关系、资本、异化等，这些基本范畴的含义就不能得到理解。

马克思一直关注着中国。他说，整个世界已经被组织成了市场，所以，欧洲资本主义的发展离不开亚洲的市场，特别是中国的市场。鸦片战争引发中国革命，而中国革命必将引发亚洲乃至世界革命。它会摧毁欧洲资本主义的市场，一旦丧失了海外市场，欧洲的资本主义必将陷入危机。

他说，支配未来世界的是黑格尔所提出的“两极相联”规律，如果一极是西方，那么另一极就是中国。西方世界乃至人类世界未来的命运，在很大程度上要取决于中国的命运。

今天看来，这个预言，已经成为现实。

在《俄国的对华贸易》中，马克思指出：俄国的命运，也取决于它是否能维持与中国的联系。

通过分析中俄边境的恰克图贸易，马克思指出：西方资本主义是依靠海洋霸权和海洋贸易崛起的，它表现为海洋对大陆的征服，而与此同时，也意味着大陆贸易的衰减。但是，只要中国和俄国联合起来，把欧亚大陆重新组织为一体，那么欧亚大陆文明就足以与西方的“海洋文明”抗衡。

全世界已经看到，中国“一带一路”倡议的曙光，正带给全世界人民以瑰丽的希望。

恩格斯对于全世界女性的特殊意义

我最喜欢的恩格斯的作品，有两个：一个是《家庭、私有制、国家的起源》；另一个就是《论住宅问题》。

女性怎样才能得到真正的解放？怎样才能不陷于因生育、育儿所带来的困顿？

这是我作为女性、母亲，非常关注的问题！

事实上，这也是我最初关注理论的最直接原因。

我所寻找到的答案，藏在恩格斯的《家庭、私有制、国家的出现》中。我坚定不移地认为：

在当代，每一个女性都应该把这个书找来一读！

“随着家长制家庭，尤其是随着专偶制个体家庭的产生，情况就改变了。家务的料理失去了它的公共的性质。它与社会不再相干了。它变成了一种私人的服务；妻子成为主要的家庭女仆，被排斥在社会生产之外。……现代的家庭建立在公开的或者隐蔽的妇女的家务奴隶制之上，而现代社会则是纯粹以个体家庭为分子而构成的一个总体。现在在大多数情形之下，丈夫都必须是挣钱的人，赡养家庭的人，至少在有产阶级中间是如此。这就使得丈夫占据一种无须任何特别的法律特权加以保证的统治地位。在家庭中，丈夫是资产者，妻子则相当于无产阶级。”

为什么女性没有工作，没有收入，在家庭中就没有社会地位？恩格斯已经说得很清楚了。甚至，他的表达，是如此触目惊心而深刻：现代的家庭建立在公开的或者隐蔽的妇女的家务奴隶制之上！

女性的苦难，从薛贞翠那时到今天，源头就是，女性除了生育之外，还要承担繁重无比的家务劳动，其中包括育儿、照顾丈夫。这把女性变成了家务奴隶。

女性何以解放？何以不再是家务奴隶？

是不是酣畅淋漓？是不是每一个女性都应该一读？

恩格斯在这个伟大的作品中指出：

“妇女解放的第一个先决条件就是一切女性重新回到公共的事业中去，而要达到这一点，又要求消除个体家庭作为社会的经济单位的属性。

“只有在废除了资本对男女双方的剥削并把私人的家务劳动变成一种公共的行业之后，男女的真正平等才能实现。”

那么，如何才能消除呢？生产资料归社会所有。

这一切，都需要消灭了资本主义的生产关系和它造就的财产关系。

已经说得很清楚了！女性要不再是家务奴隶，就必须回到公共事业中，而这样，必须消除个体家庭作为基本经济单位的属性。而这，大前提就是生产资料必须归社会所有。

我们可以得出这样的结论：只有社会主义才能救女性！

舍此之外，别无他途！

所以，只要女性意识到了这一点，她们的革命意志会比任何人都坚决！

所以，共产国际女领导人卢森堡说：“当大街上只剩下最后一个革命者，这个革命者必定是女性。”

一旦女性知道只有社会主义才是我们的生路，那么，我们有比男性更加不屈、坚忍的意志与战斗品质！

我想，这就是我的女性老党员们，在80多年前，在那样残酷的环境里，能够勇敢地抱着孩子，去完成党的任务，去工作，去不怕任何危险与牺牲，加入中国共产党的伟大事业中去的原因。因为，她们已经知道，只有这样，才能让她们获得解放啊！

恩格斯还指出：

> 关于资本主义生产行将消灭以后的两性关系会是：这一代男子一生中将永远不会用金钱或其他社会权力手段去买得妇女的献身；这一代妇女除了真正的爱情之外，也永远不会再出于其他某种考虑而委身于男子，或者由于担心经济后果而拒绝委身于她所爱的男子。

所有的女性！

只要你想享受真正的爱情，只要你想真正享有人的基本权利，要保护自己，要有尊严地活着，要在生育的时候有保障，甚至，你能够真正作为一个人，在世界上真正存在！

那么，你就没有任何一点理由，不去热烈地拥抱社会主义！

恩格斯论住宅问题

马克思、恩格斯早就指出：“人们为了能够创造历史，必须能够生活。但是为了生活，首先就需要衣、食、住以及其他一些东西。”

居住是什么？它承载日常生活世界的意义建构，是人与自身的对话，是人作为一个生物的基本权利。它的理想指向“安居”。在这个意义上，它是一种让身体休憩舒展、让心灵平静喜乐的活动。当人类的居所成为一种生活美学的表达，“创造着具有丰富的、全面而深刻的感觉的人”，那么，人便完成了人的本质的自我确证。

在人类的政治视野中，与居有关的，是“耕者有其田，居者有其屋”，这是人类早期乃至永恒的朴素理想。它在几千年里，一直是作为一种政治元素联结着人的政治生活和政治正义的建构。“打土豪，分田地”包括的，也有分得地主的大院的成分。

回顾历史，无论是安得广厦千万间的呼唤，还是马克思本人对租房生活的描述，都是人类对美好居所的渴望，是历史的忠实记录。

事实上，马克思在《1844 年经济学哲学手稿》中对于租房生活的描写，是让人惊心动魄而无法忘记的，那就是：

“这种异化也部分地表现在：一方面出现的需要的精致化和满足需要的资料的精致化，却在另一方面造成需要的牲畜般的野蛮化和彻底的、粗陋的、抽象的简单化，或者毋宁说这种精致化只是再生出相反意义上的自身。

“对于工人来说，甚至对新鲜空气的需要也不再成为其需要了。人又退回洞穴中居住，不过这洞穴现在已经被文明的污浊毒气所污染，而且他在洞穴中也时朝不保夕，仿佛这洞穴是一个每天都可能离他而去的异己力量，如果他付不起房租，他每天都可能被赶走。工人必须为这停尸房支付租金。明亮的居室，这个曾被埃斯库罗斯笔下的普罗米修斯称为使野蛮人变成人的伟大天赐之一，现在对工人来说也不再存在了。光、空气等等，甚至动物的最简单的爱清洁习性，都不再时人的需要了。肮脏，人的这种堕落、腐化、文明的阴沟（就这个词的本义而言）成了工人的生活要素。他的任何一种感觉不仅不再以人的方式存在，而且不再以非人的方式因而甚至不再以动物的方式存在。……人不仅没有了人的需要，他甚至连动物的需要也不再有了。连野蛮人、动物都还有猎捕、运动等等的需要，有和同类交往的需要。”

工人居住的“停尸房”，正是工人必须反抗的最直接的理由。它对于工人作为一个人的存在，是一种最深刻的否定与践踏。

在西方，土地经营的资本化运作瓦解了笼罩在房屋上的封建宗法关系，使人与房屋之间主要呈现为一种消费关系，马克思、恩格斯这样描述工人的住所："穷人被迫拥挤地住在一起。他们除了不得不呼吸街上的坏空气，还成打地被塞在一间屋子里，在夜间呼吸那种简直闷死人的空气。……"

毫无疑问，这样的居住环境，让工人发出了"要挣脱那牢笼，把一切消灭干净"的吼声，因为，这样的居住环境，让"居住"成为对生活的颠覆、拒绝和否定，从而成为对工人自身的巨大嘲讽与贬损，这样的居住环境，时刻提醒着工人：

你，本不应该被如此对待！

所以，恩格斯终于在经过多年观察后，写出了著名的《论住宅问题》。

他开宗明义地阐明："现代大城市中工人和一部分小资产者的住房短缺，只是现代资本主义生产方式所造成的无数比较小的、次要的祸害之一。

"资本就是对他人无酬劳动的支配。只有当工人把自己的屋子租给第三者，并以租金的形式攫取第三者的一部分劳动产品时，他的屋子才成为资本，由于工人自己居住在屋子里，所以这屋子恰好就不会变成资本。

"住房短缺究竟是从哪里来的呢？它究竟是怎样发生的呢？它是资产阶级社会形式的必然产物，这样一种社会没有住房短缺就不能存在。"

他指出："当资本主义生产方式还存在的时候，企图单独解决住宅问题或其他任何同工人命运有关的社会问题都是愚蠢的。解决办法在于消灭资本主义生产方式，由工人阶级自己占有全部生活资料和劳动资料。"

这一句已经说得很明白了。那就是：解决住宅问题的根本，是劳动者建立自己的国家，它指向的是：公有制。

在当代世界和中国，由栖居所引起的政治、经济、文化斗争正如火如荼。

高房价带给中国青年的压力，也许是他们的“50后”“60后”父辈所很难理解的。由居住所引起的各种矛盾、压力，在新时代的中国，正在沉重地影响着最普通和广大的人们，上演一幕幕有关居住的悲欢。

2019年，在中国香港，全世界最高的房价给全世界、全中国人，上了一节最好的教育课。在这样的时刻，重温《论住宅问题》，也许是一种必要的提醒。

改革永远在路上

马克思主义哲学基本观点是：存在决定意识，而不是意识决定存在。而且，从现实的经济关系出发，来分析自己的地位和处境，这是马克思主义基本的方法论。

每一个当代青年，几乎都要面对这个问题：改革是什么？为什么要改革？改革的目的和方向是什么？

对这几个问题的认识，其实就是对中国共产党领导团结中国人民进行这40多年的改革、70多年社会主义探索的认识，以及认可程度。

在2018年，我将这个问题彻底弄明白了。

恩格斯在1890年指出，社会主义是一个经常变化和改革的社会，而不是僵死的、一成不变的。

列宁在《国家与革命》中指出：“在共产主义第一阶段还不能做到公平与平等，因为富裕的程度还会不同，而不同就是不公平。”

马克思在《哥达纲领批判》中，把共产主义第一阶段遵循等量劳动交换原则的消费品分配方式称为资产阶级法权，因劳动者在获取消费品分配时仍然只作为劳动者，而不是完整意义上的人，无法解决资本主义社会中人的异化问题。

当实现了从传统的计划经济体制向社会主义市场经济体制过渡这一任务以后，社会主义依然存在改革的要求。

所以，改革的必要性，应该以社会主义社会存在矛盾，作为这个问题的答案。

列宁曾预言：在社会主义条件下，对抗将消失，矛盾仍将存在。

列宁去世后，以斯大林为代表的苏联理论界长期否认社会主义存在矛盾。他们认为，在社会主义社会里，生产关系完全适合生产力的性质，两者之间已经不再有矛盾。推动社会主义社会发展的，不再是对立的斗争、矛盾的运动。政治上、道义上一致，才是社会主义发展的动力。他们把社会主义描绘成一种十全十美的完美无缺的社会。

我发现，批判这种观点的，是毛泽东同志。

他指出：对立统一规律是宇宙的根本规律。这个规律，不论在自然界、人类社会和人的思想中，都是普遍存在的。矛盾着的对立面又统一，又斗争，由此推动事物的运动和变化。矛盾是普遍存在的，不过按照事物的性质不同，矛盾的性质也不同。

所以，由此出发，必须承认社会主义社会也存在着矛盾，引导人们去分析客观存在的矛盾，并解决。承认矛盾的存在，就为社会主义改革的必要性奠定了哲学基础。

所以，改革开放伟大事业是在毛泽东思想的基础上提出来的，毛泽东同志关于矛盾的学说就是改革的重要理论渊源！

是的，是毛泽东同志首次提出了社会主义社会存在矛盾的观点，即在生产力与生产关系之间，经济基础与上层建筑之间，社会主义社会均存在内在的矛盾。如果不承认矛盾，就不能化解矛盾。如果不能化解矛盾，社会主义事业就不能生存、发展。毛泽东同志提出了社会主义社会发展不平衡的理论，是对马克思主义的重要发展。

那么，要改掉的是什么？保留什么？

保留社会主义基本制度，改掉不适应经济社会发展的一些具体制度。

对这个已经建立了70多年而又在修补改革中的，承载了许多人衣食尊严的，而又被痛骂的“体制”，很多人并不明白，它分为基本制度与具体制度。

什么是我们的基本制度

社会主义基本制度，以工人阶级为领导，以工农联盟为基础的无产阶级专政的政治制度；以生产资料公有制和按劳分配为特征的经济制度；以马克思列宁主义为指导的文化制度；等等。这些基本制度，体现了社会主义基本原则，反映了社会主义的本质特征和基本原则。

而另一类，是具体制度。即具体的政治经济文化体制、运行机制，这些制度是社会主义基本制度的具体实现形式，是在探索过程中建立的。

习近平总书记指出：“当代中国的伟大社会变革，不是简单延续我国历史文化的母版，不是简单套用马克思主义经典作家设想的模板，不是其他国家社会主义实践的再版，也不是国外现代化发展的翻版。社会主义并没有定于一尊、一成不变的套路，只有把科学社会主义基本原则同本国具体实际、历史文化传统、时代要求紧密结合起来，在实践中不断探索总结，才能把蓝图变为美好现实。”

作为在改革开放风风雨雨中成长起来的人民领袖，习近平总书记深知始终确保改革开放的正确前进方向和道路的极端重要性。早在2012年，他在广东考察时指出：“我们的改革开放是有方向、有立场、有原则的。我们当然要高举改革旗帜，但我们的改革是在中国特色社会主义道路上不断前进的改革，既不走封闭僵化的老路，也不走改旗易帜的邪路。”

2018年1月5日，习近平总书记指出：“我们党只有把伟大的自我革命和伟大的社会革命都搞好，才能奠定长期执政的坚实基础，始终充满生机活力，也才能跳出历史周期率。”习近平关于跳出“历史周期率”的思想，不是从几十年，上百年的时间维度和节点来衡量的，而是在着眼于中国完全建成社会主义社会，直到最后实现共产主义伟大理想。

2013年11月12日，在党的十八届三中全会第二次全体会议上的讲话中，他明确指出："推进改革的目的是要不断推进我国社会主义制度自我完善和发展，赋予社会主义新的生机与活力。这里面最核心的是坚持和改善党的领导，偏离了这一条，那就南辕北辙了。"

2018年，习近平总书记高瞻远瞩地指出：

"问题的实质是改什么，不改什么，有些不能改的，再过多长时间也是不改，不能把这说成是不改革。"

"一些敌对势力和别有用心的人也在那里摇旗呐喊、制造舆论、混淆视听，把改革定义为往西方政治制度的方向改，否则就是不改革。他们是醉翁之意不在酒，对此，我们要洞若观火，保持政治坚定性，明确政治定位。"

2019年10月31日，中国共产党第十九届中央委员会第四次全体会议通过《中共中央关于坚持和完善中国特色社会主义制度、推进国家治理体系和治理能力现代化若干重大问题的决定》，开篇第一句就指出，中国特色社会主义制度是党和人民在长期实践探索中形成的科学制度体系，我国国家治理一切工作和活动都依照中国特色社会主义制度展开。它第一次完整清晰地回答了中国改革"坚持和巩固什么、完善和发展什么"的问题。

2018年5月3日，在纪念马克思诞辰200周年大会上，习近平总书记指出：中国共产党人作为马克思主义的忠诚信奉者、坚定实践者，正在为坚持和发展马克思主义而执着努力。我们纪念马克思，是为了向人类历史上最伟大的思想家致敬，也是为了宣示我们对马克思主义科学真理的坚定信念。

他指出：马克思主义理论犹如壮丽的日出，照亮了人类探索历史规律和寻求自身解放的道路。马克思主义始终是我们党和国家的指导思想，是我们认识世界、把握规律、追求真理、改造世界的强大思想武器。

他指出：中国共产党是用马克思主义武装起来的政党，马克思主义是中国共产党人理想信念的灵魂。1938年，毛泽东同志指出："如果我们党有一百个至二百个系统地而不是零碎地、实际地而不是空洞地学会了马克思列宁主义的同志，就会大大地提高我们党的战斗力量。"

他指出：共产党人要把读马克思主义经典、悟马克思主义原理当作一种生活习惯、当作一种精神追求，用经典涵养正气、淬炼思想、升华境界、指导实践。

2020年6月15日，时任中央党校常务副校长何毅亭在《学习时报》撰文指出：习近平新时代中国特色社会主义思想是21世纪马克思主义，这是中国共产党对习近平新时代中国特色社会主义思想历史地位的一个科学界定，也是我们党第一次以"世纪"为尺度命名马克思主义中国化最新成果。

不是任何国家、任何民族的马克思主义理论成果，都能够作为马克思主义的世纪形态载入人类思想史册，都能够冠名"世纪马克思主义"的称号。以"世纪"为尺度命名马克思主义，我们认为应该具备三个条件：一是理论研究对象是世界典型样本；二是理论成果具有世界历史意义；三是理论实践成效深刻改变现实世界。

党的十八大以来，党和国家事业发生历史性变革、取得历史性成就，中国特色社会主义进入新时代。马克思主义中国化最新成果——习近平新时代中国特色社会主义思想已经以其重大的理论意义和实践意义镌刻在世界思想理论版图的显著位置，成为21世纪马克思主义的主体形态。习近平新时代中国特色社会主义思想之所以称为"21世纪马克思主义"，同样是与这一思想的研究对象、世界意义、实践成效紧密联系在一起的。

中国特色社会主义新时代，是社会主义中国的新时代，也是世界社会主义发展的新时代，是世界马克思主义发展的新时代。这个新时代，标志着当代中国的发展已经超越了国家地理边界而进一步具有了世界历史意义，标志着中国已经有资格成为引领世界马克思主义创新发展的思想理论高地。

习近平新时代中国特色社会主义思想构成“21世纪世界马克思主义”的主流、主体、主干。马克思主义是一个理论大家族，马克思、恩格斯的学说是总源头，马克思、恩格斯—列宁、斯大林—毛泽东、邓小平、江泽民、胡锦涛、习近平这是一条主干线。

在我的案头，《习近平谈治国理政》（第三卷）与其他马列经典一起排列，成为我的经典书籍中最新的一部。

有时候，把这部书与马克思的书一起交替着读，心头会涌起别样的感慨。也自然地会把中国共产党的探索放在世界社会主义运动史的维度来体察。当然，作为一个新时代中国青年，在这样的比较和沉思中，我心中更多的，还是深沉的自豪与骄傲！

我知道在今天，在世界的东方，在960多万平方千米的广阔土地上，把马克思的这些纸面上的理论，变成正在展现的美好蓝图，并且深刻改变了一个古老民族与世界的社会主义实践，完成这个辉煌改变的，正是中国共产党。

是一代又一代中国共产党人，筚路蓝缕，坚韧不拔，接续奋斗，才能最终团结带领中国人民把马克思的设想，越来越多地变成美好的现实。

当代马克思主义在中国。

只有从这个角度，才能理解为什么习近平总书记说“当今世界，要说哪个政党、哪个国家、哪个民族能够自信的话，那中国共产党、中华人民共和国、中华民族是最有理由自信的”深刻意义之所在。

我是一个普通的新时代青年。但是，我确实已经把研读马克思主义经典作为一种生活习惯与至高享受。

年 月 日(星期)

入党申请书

14-650437

第 页

我的《入党申请书》第一页

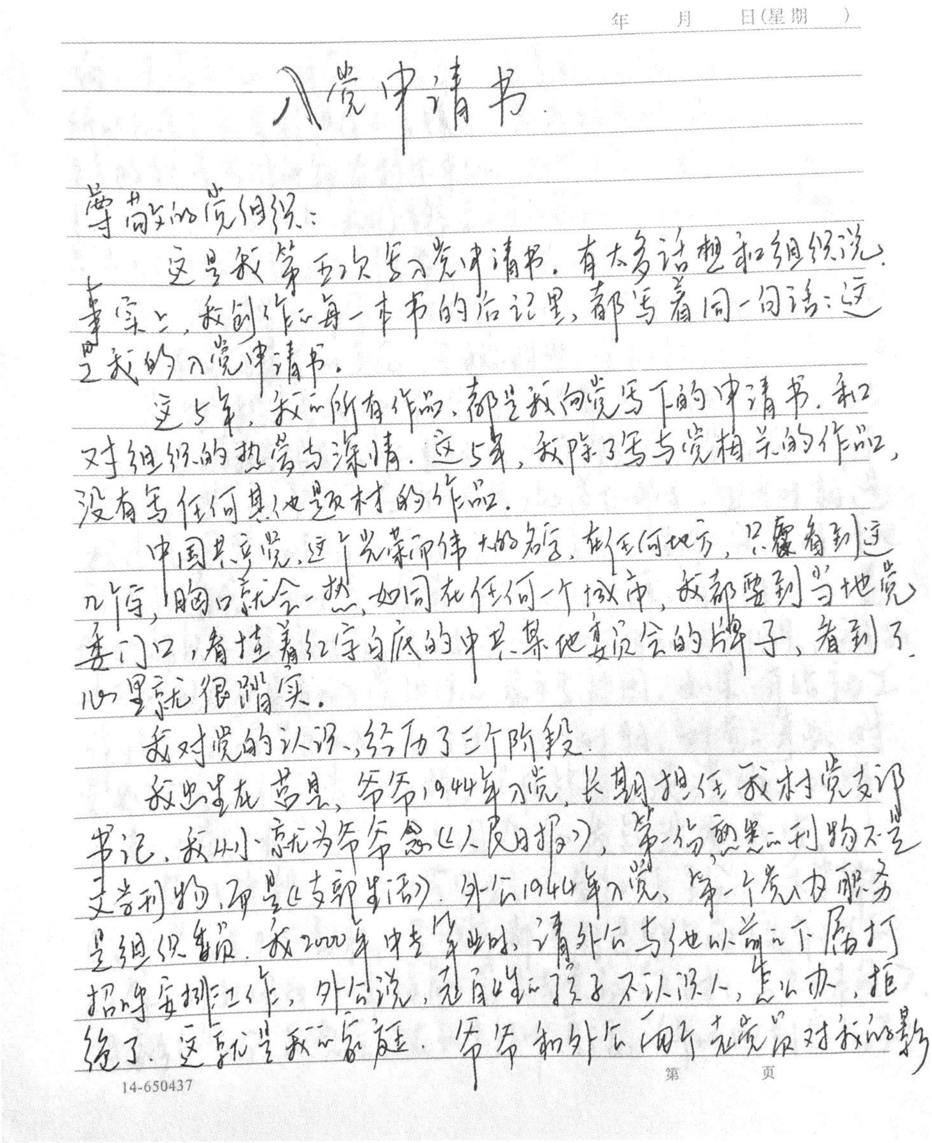

年　月　日(星期　)

入党申请书

尊敬的党组织：

这是我第五次写入党申请书。有太多话想和组织说。事实上，我创作的每一本书的后记里，都写着同一句话：这是我的入党申请书。

这5年，我的所有作品，都是我向党写下的申请书，和对组织的热爱与深情。这5年，我除了写与党相关的作品，没有写任何其他题材的作品。

中国共产党，这个光荣而伟大的名字，在任何地方，只要看到这几个字，胸口就会一热。如同在任何一个城市，我都要到当地党委门口，看挂着红字白底的中共某地委员会的牌子，看到了心里就很踏实。

我对党的认识，经历了三个阶段。

我出生在莒县，爷爷1944年入党，长期担任我村党支部书记。我从小就为爷爷念《人民日报》，第一份熟悉的刊物不是文学刊物，而是《支部生活》。外公1944年入党，第一个党内职务是组织委员。我2000年中专毕业时，请外公与他以前的下属打招呼安排工作，外公说，老百姓的孩子不认识人，怎么办，拒绝了。这就是我的家庭。爷爷和外公两个老党员对我的影响

14-650437　　第　页

我的《入党申请书》第二页

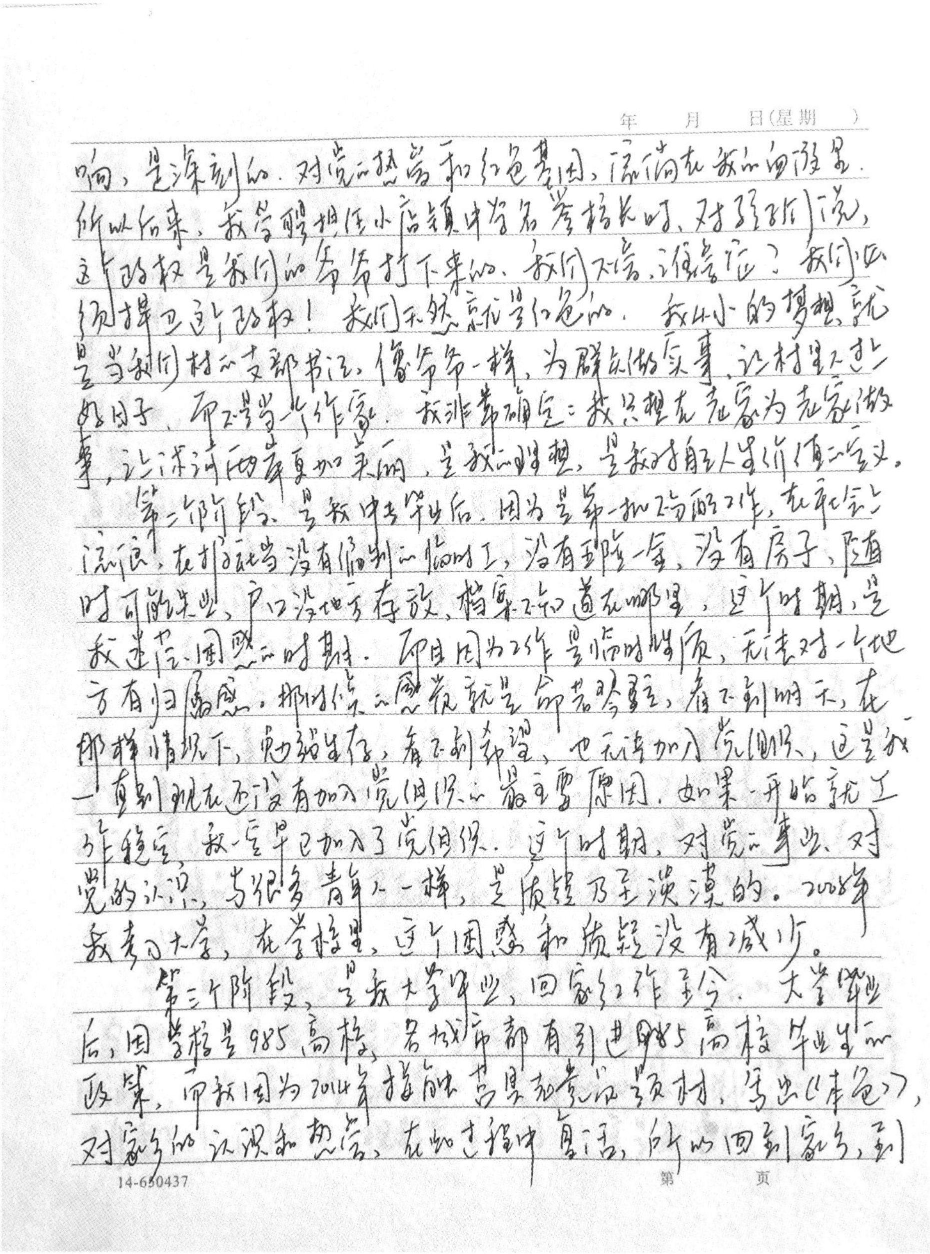

年 月 日(星期)

响，是深刻的。对党的热爱和红色基因，流淌在我的血液里。所以后来，我曾经担任小店镇中学名誉校长时，对孩子们说，这个政权是我们的爷爷打下来的，我们不信，谁信呢？我们必须捍卫这个政权！我们天然就是红色的。我从小的梦想，就是当我们村的支部书记，像爷爷一样，为群众做实事，让村里人过上好日子，而不是当个作家。我非常确定：我只想在老家为老家做事，让沭河两岸更加美丽，是我的理想，是我对自己人生价值的定义。

第二个阶段，是我中专毕业后。因为是第一批不包分配工作，在社会上流浪，在打工时当过没有编制的临时工，没有五险一金，没有房子，随时可能失业，户口没地方存放，档案不知道在哪里。这个时期，是我迷茫、困惑的时期。而且因为工作是临时性质，无法对一个地方有归属感。那时候的感觉就是命若琴弦，看不到明天。在那样情况下，勉强生存，看不到希望，也无法加入党组织，这是我一直到现在还没有加入党组织的最主要原因。如果一开始就工作稳定，我一定早已加入了党组织。这个时期，对党的事业、对党的认识，与很多青年人一样，是质疑乃至淡漠的。2008年我考到大学，在学校里，这个困惑和质疑没有减少。

第三个阶段，是我大学毕业，回家工作至今。大学毕业后，因学校是985高校，各城市都有引进985高校毕业生的政策，而我因为2014年接触莒县党史的资料，写出《本色》，对家乡的认识和热爱，在此过程中复活，所以回到家乡，到

14-650437 第 页

我的《入党申请书》第三页

年　月　日(星期　)

我等过的事管馆工作，已经5年了。在长久的磨练、浸润中，我对党的认识更加深刻。我知道了党是最广大的普通劳动者的，是为天下人求解放、为中华民族谋复兴，为中国人民谋幸福，为世界谋大同的组织。我知道了人活在这世上，惟一壮丽的事业就是为人类求解放，是为他人，不是为自己的钱、名、利。正如马克思所说："选择为人类福利而劳动，我们的幸福将属于千万人，我们所感到的就不是可怜的、有限的乐趣。" 当我意识到这个时，我真切地觉得，与人类命运、国家民族道路相比，个人的一切无足轻重。当生命走向了开阔与深刻，就不会纠结于个人小事。我已经坚定、清晰了思想。可以说，我已经成为在感情、理论上深刻热爱中国共产党、信仰马克思主义的青年。我在思想上已经入党。

是老党员教育了我。

在与老党员的交往中，我学会放弃了从前那种名校生自居、以精英自居的心态。我深刻理解了毛主席所说感情转变的过程。他说，我是学生出身，以前以为知识分子最干净，后来才知道，工人农民最干净。我确定了真正的、坚定的人民立场，看到了人民的力量。这也是习近平总书记在梁家河看到的。这也是一个马克思主义者、一个真正共产党员必须有的转变过程，必不可少。

是我所阅读的马克思列宁主义经典著作给予了我信心。我购买了全套《马克思恩格斯全集》、《列宁全集》《毛泽东选集》，在这5年时间里，从饥渴一般、渴望知道答案的心态，阅读学习。理论太重要了！阅读后，视野完全不同！这是我最大的幸运！去

14-650437　　　　第　　页

我的《入党申请书》第四页

年 月 日(星期)

年在北京中国作协的鲁迅文学院学习，图书馆借《路遥全集》，发现借书卡上，只有一行，是1985年一个作家所借阅。而《列宁全集》借书卡上，则是空白。我是30多年第一个借阅它们的当代作家。后我知道了，社会主义必然代替资本主义，人类没有第二种选择，共产主义是人类唯一的出口和道路。我知道了，要在更长的历史维度上来看当下的时代和当今的事情。我知道要在世界社会主义运动史的维度上，来看中国共产党的98年探索，70年探索，看40年的改革。看我经历的不分配工作、买不起房子等等。我知道了要超越个人境遇来看党的探索。我知道了社会主义代替资本主义是何等艰难，我知道了为了让更多的青年人，不再经历我曾经历的困惑，我们的领导人带领全国的党员和人民做出了何等的努力。另外，对我有影响的还有3个老党员：宋平同志、张全景同志、贺敬之同志。他们在我向坚定信仰者的转变过程中，起到了重要的作用。宋平同志是我们莒县的同乡。他在2015年为邓力群同志书的序中，指出，任何时候对共产主义深信不疑。他个人一生的经历、历史，为自己写下了传记。他说，我们党培养干部，历来讲究知识分子工农化、工农分子知识化，知识分子一定要和工农相结合。这与我到基层工作的原因不谋而合。无论是作为有信仰的人民作家，还是党的青年干部，都应该把自己栽植到泥土里，看到真正的乡村，都是我必须要经历的。尤其是贺敬之同志，作为我们党优秀的马克思主义文艺的组织者、领导者、践行者，贺敬之一生的文学事业，都在启示我：成为一个为党写作，为党的事

14-650437　　第 页

我的《入党申请书》第五页

年　月　日(星期　)

业写作的人民作家、党员作家。我首先是一个党员，其次才是一个作家，这中间是有区别的。事实上，这5年，我一直是在用党员的标准来要求自己。以马克思主义文艺观来指导自己的创作，一直在为党的利益、党的事业做自己能做的，包括与种种历史虚无主义以及诋毁党的观点做斗争。

是身边的共产党人给了我坚定的信心。

在这5年里，我真切地看到，就在我身边，就有热爱党、在为党的事业努力工作的党员干部、普通人。

以我在创作上的成长为例。我从2013年参加省作协高研班开始写作，省作协是省委宣传部主管，而宣传部是党的宣传部。所以，是党培养了我。我5年来的成长，从一个毕业不久的学生，到今天泰山奖得主、中国作协会员、省青年作协副主席、省报告文学学会会员，我不能忘记，是省作协陈文东主席为我的书取名字、省委宣传部领导为我作序、给我支持，以及县乡各个部门对我的支持。

还有我认识的一些领导干部，比如烟台市委组织部长于涛同志，她对信仰的忠诚、对工作的热爱、对群众的感情、对理论的研读，都让我心生敬意，并成为我的榜样。还有济南军区原后勤部政委高建国中将，他同时也是作家，他在作品中流露出对党的忠诚，让我深深感动，他写道：亲爱的党组织，让我羡慕之余感到：一定要加入这个亲爱的组织！与毛泽东主席、习近平总书记、我的先贤们，以及这些尊敬的同志们，成为同志！

我经常在车间内，对着党旗一个人举起右拳，与我心中

14-650437　　第　页

我的《入党申请书》第六页

年 月 日(星期)

毅然地和我们一起宣誓：我志愿加入中国共产党，拥护党的纲领，遵守党的章程，履行党员义务，执行党的决定，严守党的纪律，保守党的秘密，对党忠诚，积极工作，为共产主义奋斗终身，随时准备为党和人民牺牲一切，永不叛党。

我也看到了县里很多普通党员干部，在各自岗位上，以党员本色精神工作，夯实着党的执政基础。我意识到，当年的老根据地，今天依然是这个政权最坚实的基础，当初，我们的祖辈把党中央送进了北京，今天，我们依然还是它的最忠诚的拥护者。

最后，对我构成特殊巨大影响的，是我们的习近平总书记。我去过梁家河，在那里，我深入了解、理解了他的成长，也明白了他说出"我将无我，不负人民"的赤诚。总书记的七年知青岁月，正定岁月，两本书，我读过很多遍，他的马克思诞辰200周年讲话，我买了单行本，随时阅读，以及最近他在2018年4月政治局学习《共产党宣言》时的全文，他的建军讲话，长征胜利纪念讲话，建党95周年讲话，我都购买单行本，认真学习，受益极深。印象最深的是党的十九大后，他带领常委到上海一大旧址公开宣誓。我看到了他眼中的忠诚，对共产主义信仰的忠诚，对党的忠诚，对人民的忠诚。他时常提起"革命理想高于天"，不忘把中国特色社会主义理想和共产主义远大理想并提，对全国的有志青年，都是激励和启发。我没有理由，不向总书记学习，成为一个为人民做实事、为党工作的青年，只有这样的人生，才是有意义的。

14-650437 第 页

我的《入党申请书》第七页

年　　月　　日(星期　　)

是的，从总书记，到党的各级干部，到老党员，到身边的普通的干部，让我看到了，什么才是有意义的人生。那就是：成为一名真正的共产党员，为党的事业，为全人类的解放，为中国特色社会主义共同理想、为共产主义远大理想的实现，为了给最广大的劳动者服务，奉献自己的全部。

这是我郑重的选择和誓言。

刘谦初烈士在接受共产主义信仰前接触过多种思想，他读过齐鲁大学、燕京大学，是经过慎重的对比后接受了共产主义信仰，成为了名共产党员，他的入党，对我有很大的启示。那一经选择，终生无悔。他牺牲前寄出的最后一封信说：自知必死，但很安宁。说：要保护母亲，孝敬母亲。这个母亲，就是党啊！共产党人对党的深情，从王尽美，到刘谦初，到宋平，炽热如一。

现在，还有我。如果党能够接纳我，如果我如愿加入光荣的党组织，那么，在这世上，我又有了一个母亲了！爹亲娘亲不如毛主席亲，这个母亲，是我苦苦追寻，自觉选择而寻找到的啊！当我加入组织，是我另一个生命的开始。我想，我会感觉到，什么是崇高，什么是神圣，什么是责任，什么是喜极而泣，什么是责任如山。

是的，我深深意识到，我的责任。

在当下，我是全国青年作家中，唯一一个，完成感情、理论上热爱中国共产党、信仰马克思主义的。这很光荣，同时，我意识到，我的责任，就是，让更多青年人，如我一样，转到对马克思主义

14-650437　　　　第　　页

我的《入党申请书》第八页

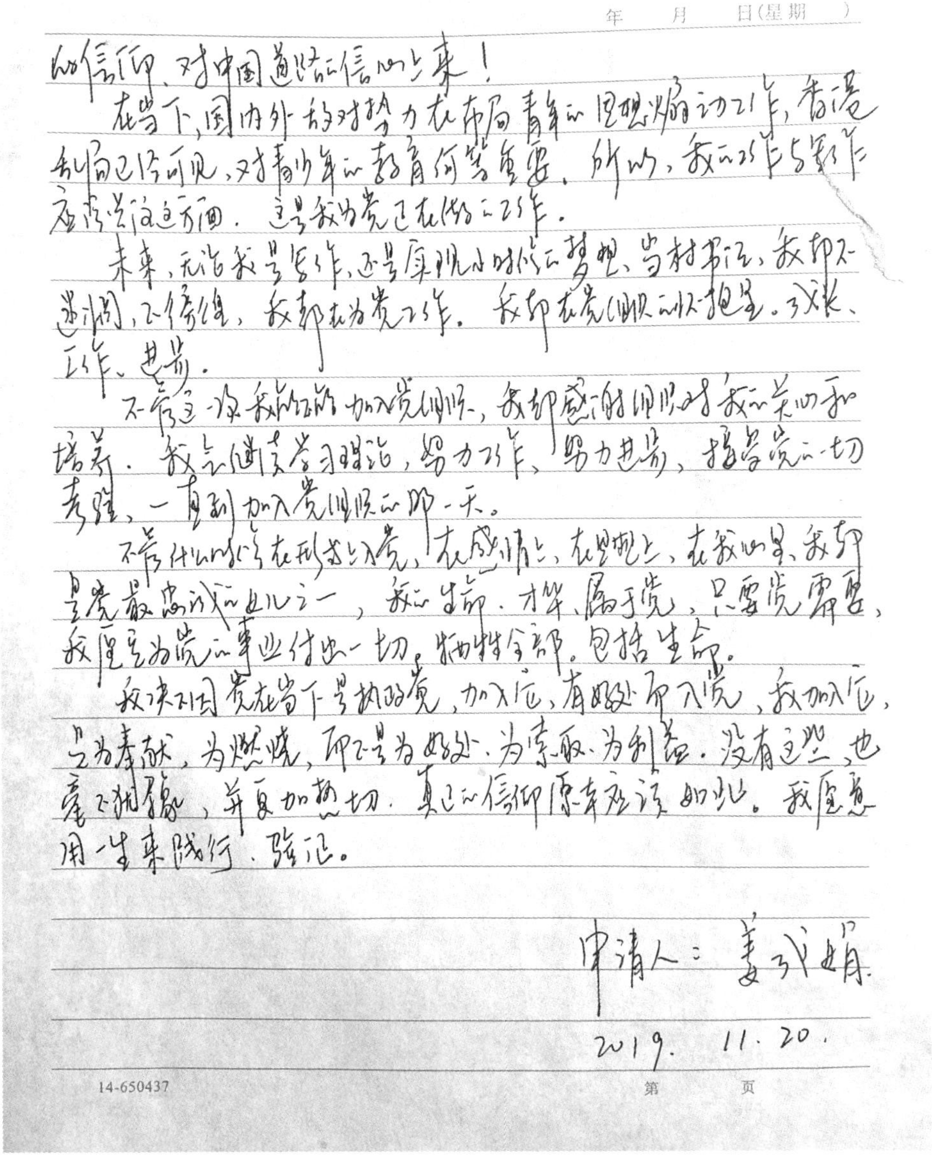

年　月　日(星期　)

的信仰、对中国道路的信心上来！

在当下，国内外敌对势力在布局青年的思想渗透工作，香港乱局已经可见，对青少年的教育何等重要。所以，我的工作与写作应落实在这方面。这是我为党正在做的工作。

未来，无论我是写作，还是实现小时候的梦想、当村书记，我都不迷惘，不彷徨，我都在为党工作。我都在党组织的怀抱里成长、工作、进步。

不管这一次我能否加入党组织，我都感谢组织对我的关心和培养。我会继续学习理论，努力工作，努力进步，接受党的一切考验，一直到加入党组织的那一天。

不管什么时候在形式上入党，在感情上，在思想上，在我心里，我都是党最忠诚的女儿之一，我的生命、才华，属于党，只要党需要，我愿意为党的事业付出一切，牺牲全部，包括生命。

我决不因党在当下是执政党，加入后，有好处而入党，我加入后，是为奉献，为燃烧，而不是为好处、为索取、为利益。没有这些，也毫不犹豫，并更加热切。真正的信仰原本应该如此。我愿意用一生来践行、验证。

申请人：姜弋娟

2019.11.20.

14-650437　　第　页

我的《入党申请书》第九页

第五章　身边的共产党人

很多人会说：为什么你说的，都是老党员？那么今天还有真信仰你们那个马克思主义、共产主义的党员吗？

我要明明白白地告诉他们：是的！是有的！

这样的党员，真正的信仰者！他们就在我身边，我确确实实认识他们，并感受到了他们的忠诚！并且，是他们的忠诚，让我增强了信心！让我真切地感受到：在这个伟大的组织里，一起为党的事业努力工作，是多么的光荣！

在2020年结束的时候，我梳理了一下读书的收获。发现，在这一年里，让我最感动的一本书是《大河初心——焦裕禄精神诞生的风雨历程》。

高建国

2016年，我读到长篇报告文学《一颗子弹与一部红色经典》，并写出评论《中国共产党人对文化领导权的高位出击》。报告文学《一颗子弹与一部红色经典》的作者是时任济南军区善后办政委的高建国中将。

从法国启蒙主义学者的代表人物德斯图特·德·特拉西创造出“意识形态”这一概念至今，无论中外哪个时代，意识形态问题都一直是人们关注和争论的焦点，并且是世界历史舞台上的决定性力量质疑，也是决定世界历史进程的主导性力量之一。从马克思、恩格斯、列宁、斯大林、毛泽东同志、邓小平同志到江泽民同志、胡锦涛同志、习近平同志，都非常重视意识形态。

马克思在《政治经济学批判》中指出：如果从观念上来考察，那么一定的意识形式的解体足以使整个时代覆灭。

他在这里所说的意识形式，就是意识形态。

1957 年，毛泽东同志在《关于正确处理人民内部矛盾的问题》中，明确提出“社会主义意识形态”这个重要概念。“意识形态领导权”的概念是意大利共产党领袖葛兰西提出的。他认为，人是意识形态的物质载体，意识形态领导权是通过先进的知识分子批判旧的意识形态，传播新的意识形态来实现的。

习近平总书记旗帜鲜明地提出：意识形态工作是党的一项极端重要的工作。2015 年，他在视察解放军报社时强调：敌对势力一直在企图对我国进行颜色革命，妄图颠覆中国共产党的领导和我国社会主义制度。这是我国政权安全面临的危险。敌对势力选中的就是意识形态领域。

2015 年，高建国的《一颗子弹与一部红色经典》由作家出版社出版。他在该书的创作札记中说：

> 回首自己宵衣旰食的创作过程，笔者感受最深的是，贯通全书丰赡瑰丽和永世不竭的信仰之光，是作品最为宝贵的灵魂。
>
> 为什么红军多是信仰坚定的钢铁战士？固然是长期血火砥砺使然，但更重要的恐怕还是在革命理论哺养下，自身具备的那种把党的意志化为政治和行动自觉的优良品格。解码“江抗”信仰中的红军元素，你会发现，那些长期匍匐社会底层形成鲜明的阶级意识、在三过草地和南方三年游击战争生死锻打中百炼成钢的红军骨干，欣逢革命理论春风化雨，在苦难中酿造的优良品格便升华凝结为宝贵的信仰之钙，一经植入，便永世难移。

言为心声。我在书中看到新四军最优秀的文工团女演员杨瑞年，皖南事变中被俘坚贞不屈，在刑场上身中数弹仍奋力高呼“中国共产党万岁”，直到身中七弹，头颅被打碎，她才倒下的时候，我情不自禁地流下了热泪。

当我从高建国的创作谈中看到，他早晨6点从上海出发去茅山根据地，暮色苍茫时赶到杨瑞年的故乡镇江，不顾天气炎热和蚊虫叮咬，在烈士陵园查阅资料时，我看到了信仰的力量。

《一颗子弹与一部红色经典》出版后，在社会上引起很大反响。2017年6月，获第六届徐迟报告文学奖。

2019年，我又读到他的尚未出版的新作《大河初心——焦裕禄精神诞生的风雨历程》。我不能抑制我的激动。应该说，这个作品，是我的理想，是我想要汲取营养的东西！

从1966年2月焦裕禄为国人所知以来，50多个春秋过去了，中国发生了翻天覆地的变化。在时过境迁、人事代谢社会价值观念与当年迥然不同的今天，再现焦裕禄的发现和精神瑰宝形成，难度有多大？

然而，这一切，对于有理想、有追求、有作为的共产党员、将军作家来说，都不在话下。

后来，我从《光明日报》和《人民文学》等报纸杂志上，看到作者撷取作品有关章节改写的《在人民中永生——焦裕禄迁葬兰考追记》《焦裕禄兰考上任记》，这些广受读者追捧的文章，我看到了作者在时光隧道回溯、开掘的辛劳和艰苦。有初心者方能再现初心。那么多被历史风尘掩埋的事件和细节吹糠见米，真相毕现，这是何等令人叹服的忠诚与执着！

当我得知将军曾先后16次奔赴河南采访，最长的一次耗时一个月，重返历史现场的艰难和崇高追求的精神之光，让我感受到了酣畅淋漓的信仰的洗礼。让我们在他的这部厚重的《大河初心——焦裕禄精神诞生的风雨历程》中实际体察一下从血管里喷出的血吧！

“焦裕禄精神的成功铸造和大力弘扬，是中国共产党人革命性、先进性、创造性的集中体现，是中国特色社会主义在世界东亚蓬勃生长并光耀寰宇的生动佐证。

“焦裕禄一回到老家，就发现老家正在建立起一个没有剥削压迫，人人诚实劳动就能温饱的全新的社会，他一下子扑进党的怀抱，党支部书记引导他从为自己报家仇，到解救全中国受苦受难人民而英勇奋斗上来。从此，焦裕禄决心一生追随这个为天下受苦人谋幸福的穷人党。他的家史，是赋予穷娃子阶级认知的第一所人生课堂。

“加入中国共产党，在焦裕禄的生命历程里，具有重生和再生的意义，这个在旧中国无论怎样苦斗都逃不出旧制度魔咒的贫苦农民，一旦在党的指引下走上为大多数人谋福祉的光明大道，便立刻像经冬逢春的枯木，穿石破土的竹根，冲出峡谷的激流，激情澎湃地书写人生的灿烂篇章。”

这些句子，对于我，比一般的读者有着更多的亲切感，因为，焦裕禄在1946年入党，他就是我熟悉的在中华人民共和国成立前入党的老党员之一，我熟悉的老党员们，几乎都与他有着相同的出身与参加革命的原因。只是，很多人比他少了后来的经历，没有机会经历工业战线的磨砺与领导岗位的锻炼。

我读将军笔下的焦裕禄成长过程，尤其关注焦裕禄作为南下干部的一员，南下后的经历。因为，那是我替我的留在家乡的老党员们，在观察，在经历，在揣摩，在比较啊！

“焦裕禄永远忘不了自己苦难的身世，忘不了为建立新中国党领导人民经历了怎样的奋斗和牺牲。哪一块土地不是鲜血染红！焦裕禄重温毛泽东进城前要警惕裹着糖衣的炮弹攻击的谆谆教诲，感受到一种面向千秋万代的历史责任。战争年代，党没有执政资源，靠什么把千百万劳苦大众团结在自己身边，汇聚成排山倒海、改天换地的力量？靠的是浴血奋战掀掉压在人民头上的三座大山，靠的是殒身不恤救人民出水火。这是共产党得人心进而得天下的根本啊！昨天的民心，是共产党人流血牺牲换来的；今天的民心，需要共产党人廉洁奉公竭诚为民来赢得。江山永固，事业长青，必须同一切危害党的腐败行为作不妥协的斗争，使党永远保持与人民群众的血肉联系。”

这些字字千钧的感慨与嘱托，是共产党员焦裕禄的，也是共产党员高建国的。那是用鲜血凝成的，中国共产党人对后代、对继承者的至诚至恳的叮吁啊！

“他仿佛天生就是为斗争、解放、牺牲、奉献而生，天生就是为党、国家、人民而才存在的。他是一个永不下战场的战士，在世界东方为人类历史产生深刻影响的巨大变革中，以生命去殉党和人民的事业，为实现伟大梦想壮丽凋谢于征途的花朵。”

作为写作者，我深深明白，对笔下人物的解读的深度与高度，就是作家自己思想的深度与高度。

解读焦裕禄，作者具备什么样的思想高度和深度，才能赋予这个人物什么样的高度和深度。这些思考，是中国共产党员、中国人民解放军中将高建国站在一个执政党的高度上的战略思考。他的写作，绝对无关钱、名气，而是一个共产党员为他亲爱的党捧出的深沉思考与奉献。

作为标志性的中国共产党人，几十年来，有关焦裕禄的作品已经有很多。但是，跨世纪的铸造焦裕禄精神是怎样形成的，无远弗届的焦裕禄，对于一个政党、一个国家的深远影响及内在机理，这是个全新的视角。

从这个角度来写，太难了！

在创作《大河初心——焦裕禄精神诞生的风雨历程》的三年中，将军付出了难以想象的巨量劳动！为了搞清楚一个问题，他多次到中央和地方档案馆查阅资料，找有关当事人及亲友采访，一点点破解历史的密码。

将军用胸中丘壑，用对他的亲爱的党组织的热爱，指挥另一支文字的军队，笔落惊风雨。

明知道如此之难，为什么还要知难而上，为什么还是要写这个题材？

因为 20 世纪 50 年代出生的山东人高建国，在成长的少年时代，在听到焦裕禄的故事之时，有一颗种子，就在他的心中生长并渐渐坚固，那就是对社会主义的认同、对中国共产党的热爱，那就是忠诚坚定的信仰啊！

王守东

是王守东和徐林收让我意识到，民营企业家中，也有很多真的心向共产党的人。

我是在2016年3月第一次知道王守东的。此前两个月，他刚刚去世，被授予“时代楷模”的称号，山东省作家协会派作家去采访、书写他的事迹。我是被派到那里的作家之一。我在三年时间里，深入了解了他的事迹。

王守东是山东莱芜人，是泰山钢铁股份有限公司（简称“泰钢”）的缔造者。该企业最初是泰安地区在20世纪60年代三线建设时的一个小钢厂，王守东曾是在中国人民解放军服役过17年的战士，转业到这个企业后，企业半死不活，他拿出战士冲锋陷阵的劲头，以为祖国炼钢的拼劲，把企业带好了。后来，国有企业改制，泰山钢铁成为民营企业。他成了企业的掌舵者。

但是，他的口头语是：泰山钢铁姓党！

莱芜是抗战时期山东五大根据地之一的鲁中根据地，是莱芜战役发生的地方。中华人民共和国诞生那年，王守东8岁，从没有土地到有土地，他一点点地亲身看到了共产党干部与群众共穷，看到了赤脚医生给群众治病，看到了中国共产党怎样把世界上最贫困落后的国家（人均GDP排名第134），婴儿死亡率高达200‰，人均寿命只有35岁左右，成人文盲率高达80%；在30年的时间里，1952—1978年的26年间，带动成为世界上现代化速度最快的国家，国民收入(以不变价格计算)增加了4倍，自1952年至1972年，每10年的经济增长率达到64.5%，大大超过了德国、日本和苏联在发展高峰期的增长速度。这段历史，正是王守东作为亲历者所见到的。

“王守东同志革命工作近60年，他用一生的时间践行了一名共产党员对党的忠诚和入党誓言，何等艰辛，何等光荣。他把整个生命，化作了一团火焰，燃烧了自己，温暖了他人，每一炉钢水，都融入了他鲜红的血液！”

这是王守东的儿子，也就是今天的泰山钢铁集团董事局主席、党委书记王永胜为父亲写下的悼词。

这是一个儿子对父亲的懂得与肯定。这也是一个儿子对父亲的挚爱与传承。不仅是事业，还有信仰与对党的热爱。

王永胜说：

“企业改制，国企泰山钢铁总公司成了民营企业，虽然在法律上我家似乎有钱了，是我家的了，可是我知道，父亲在当时并不开心。

“他转不过弯来：‘我一辈子是国家干部，是集体的人，怎么成了私营企业老板呢？难道我这些年拼死拼活地是为了让自己发财？’

“自己发财，这怎么能是党员干部的追求？

“到后来，他想开了：‘还是给国家在管理这个企业，不管它什么产权属性，给国家积累财富，炼铁，到什么时候国家需要，就立刻给国家。’

“所以，这些年，企业的属性变了，但是我们的社会主义性质并没变。我们的职工照样是职工，而且，在那么大的下岗潮里，父亲从来不为所动：‘人是第一宝贵的！咱们决不让一个职工下岗！’

“从 1988 年到现在，泰钢没有一个职工下岗，也没有一起刑事事故。”

从 1984 年到 2015 年，31 年里，每年的 7 月 1 日，王守东都要在厂里召开隆重的庆祝大会。他多少次发出这样的呼喊：不要忘记我们的政权从哪里来的！不要忘了我们的党！

他说，泰钢姓党！他随时准备着，像当年家乡人民把最后的小米、棉布送给八路军一样，把他一生的心血——泰钢，奉献给党，奉献给祖国。王守东本人，一直在自觉不自觉地把“建立劳动者的自由联合体”作为目标与梦想。

王守东捧出一个红色的泰山钢铁，让万余名职工投身于共同的事业，正在泰钢范围内实现着“通过人并且为了人对人的本质的真正占有”“这是个新生事物，要摸索着干，我想我们这样做，也可以给中国创造一条路”。

中国社会主义市场经济制度与西方私人资本主义经济制度的基本区别是什么？ 2001 年，诺贝尔经济学奖得主迈克尔·斯宾塞说，区别就在于中国有“公共资本”，西方只有私人资本。中国公共资本的主要组成是中国的国有企业。国有经济是最重要的国家“经济部队”。

中国为什么具备强大的国家目标实现能力、强大的危机应对能力？因为背后有一支可以调动指挥的经济部队。这就是国有企业。

国有企业不仅是经济部队，还是社会责任人，在必要时候，可以为了维护国家和人民以及社会的利益而牺牲自己的利益。

王守东毕生心血献给了泰钢，正是这种国家经济部队的崇高感鼓舞着他，他和他的泰钢曾经是国家经济部队里的正式战士，然而，阴错阳差，改制后的泰钢已经不再是国家经济部队的正式成员了。这个时候，很多人选择了乐享其成地占有财富。然而，他却选择了继续服役——在编外。

这是王守东的探索之意义所在。

徐林收

我们知道，中国共产党始终将思想政治建设作为党的建设的首要问题，才能不断实现对于非无产阶级出身的党员的思想教育，方才从思想和文化上锻造了现代中国人的民族意识、集体意识，锻造了共产党人明确的无产阶级意识。

徐林收，山东高密松兴屯村党支部书记。此前，他是口袋里有几亿元的私企业主。现在，他的钱都给了村里。这些钱为全村建了别墅，修了路，建了学校。在通常解读里，这样不是沽名，也是为了捞取更多的好处，为自己。但我深入了解发现，还真不是。

“对党的感情，不是一句两句能说清。

“从小对党的感情，那是神圣的。

“小时候看电影《地道战》《地雷战》《红岩》《白毛女》，就知道，没有党，就没有一切。

“后来，长大了，出去闯荡，送过礼，吃过苦，挣了钱，怎么花？就想着我的村子。

“我是2013年年后回到村里的。为什么？当时看到八项规定后吃喝的少了，社会风气不一样了，有希望了。

“钱都花在村里了，我现在没钱了，可是我心里踏实。”

我在2017年国庆节见到了徐林收，他坐在村里凉亭下，如同一个老农坐在自己家的田头。他知道，这里是他的地方。那种从每一个细胞溢出来的踏实和幸福，让人心生嫉妒。

“以前一块儿做生意的人，很多移民了。可是还在国内挣钱。他们说我傻。可我觉得，那些人，送孩子出去，安排好后路，在国内发财……这是什么行为！”

“难怪这些人不盼咱这个国家好！大量的钱往国外去了！要是挣了钱都往国外走，咱这个国家怎么办？为什么我们不努力让咱们国家好起来？比他们好！叫他们也想办法移民到咱这里来！

“我有空，最爱看的就是《长征》《延安颂》《解放》这样的电视剧，那时资本家的公子也奔延安，为什么？老百姓为掩护党员，叫鬼子抓走自己的儿子，也不说出来，现在，党要是对老百姓不好，这说得过去？

“看着看着，我经常一个人淌眼泪，半天平静不下来。

“那么多先烈走了，他们为什么？毛主席家死了那么多人，他为了什么？为了咱们，咱这个国家。

“党容易吗？到今天？毛主席走时，我刚8岁，哭得哇哇的。

“我干这个，不为出名，要是为了当个什么代表，那跟我以前送礼做生意有什么区别？”

我理解。他不愿意亵渎了这个最真诚、最素朴的初衷：让自己村变好。不为沽名，不为任何。这是共产党员的一点责任。

“我什么都是党的。”

“我们这个党啊……”

徐林收说“我什么都是党的”时，脸上的表情，仿佛一个在母亲面前毫无隐蔽、完全敞开的孩童。他曾经为了赚钱浊过的眼睛闪着纯洁的光。那是信仰赋予他的。

他说“我们这个党啊……”的感慨，既有自豪，也有力量，还有责任。

我们这个党啊！

第六章　坚持马克思主义文艺观

2018 年上半年，我在某文学培训机关学习。在这里，同学们为我取了个外号：马克娟。因为我平时捧读马克思比较多。

那个时候，我已经养成了读马克思的习惯，而书籍厚重，携带不便。于是便到图书馆去借阅。我发现：那套非常旧的《马克思恩格斯全集》，书里附带的借书卡上，只有一个名字，时间是在 1989 年。那个名字我只记得姓王，后两个字模糊不清。而《列宁全集》的借书卡上，则完全是空白。一个名字也没有。无借阅记录。

这意味着什么？

意味着，自从 20 世纪 80 年代初，这个文学培训机关，在 30 多年的时间里，几乎没有或者很少有在此学习的作家走进图书馆，去取下这套经典理论书籍来阅读。

我在那个时候，开始了忧虑：如果没有理论上的清醒，政治上能够坚定吗？

这种忧虑，甚至不是一个小小的我所能够承担的。那种深重的忧思，在很长一段时间给我带来了极大的精神负担。位卑忧重，这是必然的。

但是，我并不因此嘲笑自己。

我的这个忧思，在一年半以后的 2019 年 11 月得到了极大的缓解。

文化领导权

2019年11月20日，中共中央宣传部部长黄坤明在《人民日报》发表署名文章《坚持马克思主义在意识形态领域指导地位的根本制度》。

他旗帜鲜明地指出：文化领域的一切工作和活动都要紧紧围绕马克思主义在意识形态领域指导地位这一根本制度来展开、来推进。无论是理论武装还是新闻宣传，无论是文艺创作生产还是文化体制改革，无论是精神文明创建还是网络建设管理，都要高扬马克思主义旗帜，不断巩固马克思主义指导地位。

这篇文章，我反复学习多遍。

我在这几年里，重新研究阅读《红岩》《钢铁是怎样炼成的》《苦菜花》等红色经典。我成长的20世纪90年代，中学生之间流传的是《平凡的世界》，以及金庸、琼瑶的通俗文学作品。如果不是因为10岁时读到《红楼梦》，彻底改变了我的审美品位，奠定了我对文学的基本理解，对世界的认识。如果不是对它的融入血液的互相进入，我很难想象，只读金庸、琼瑶的我，今天的我，对世界的认识，以及在审美上的认知，是很难想象的。

如同我在《本色》后记里所写：为什么家乡这么重要的革命老区，我为什么从小不知道？为什么没有人告诉我们？包括滨海根据地这么重要的一段历史，为什么我们作为它的发端地的青年，从不知晓？

这中间，是哪里出了问题？

我在找寻答案。

韩毓海教授认为，当前，在对中国当代文学十七年（1949—1966年）基本特征的描述，是高校教材中通行的"一体化"叙述。所谓一体化叙述是指，中华人民共和国成立以来政治权力对于文学的垄断与专制，造成了作家、作品的单一化，以及对待文化遗产态度的简单化。但是，当上述论断强调中华人民共和国成立 17 年文化和文学领域的基本特征是政治权力对文学的垄断之时，它首先遇到的问题，就是这个定论自身的高度抽象性和模糊性。

于是，大多数学生难免提出这样的问题：究竟什么是政治和政治权力？它们与文学的关系究竟是什么？

韩毓海指出，现代政治区别于传统政治的基本特征，就在于文化形态。现代政治合法性的来源，是由启蒙运动、法国革命、美国革命、俄国革命，特别是中国革命所追求和诉诸的文化价值体系奠定的。因此，现代政治斗争的关键方式，就是争夺“文化领导权”。

是的，我正是从韩毓海教授这里，知晓了这个至关重要的名词：文化领导权。

再后来，通过阅读《列宁全集》，我知道了，列宁在审视社会主义革命道路和苏联建国初期面临的文化问题时，提出了文化领导权的理论。列宁认为，无产阶级政党不仅要夺取政权，更要获得文化上的领导权，即意识形态的领导权。

列宁不仅强调了文化的阶级性，而且结合俄国的革命和苏联的早期文化建设对无产阶级如何建立自己的文化作了阐发。在他看来，苏维埃政权建立后，全面进行社会主义经济建设和文化建设，一切的关键在于把政治、经济文化的权力掌握在布尔什维克党的阶级基础——无产阶级手中。

夺取文化领导权，建立本阶级的文化，则成为关键。

事实上，今天，现代政治斗争的关键方式，也是争夺文化领导权。

意大利共产党领袖葛兰西就指出过：尽管资本主义制度的经济基础是与劳动者的利益背道而驰的，但是，如果它的“文化合法性”没有被动摇，那么革命也不可能发生。即使发生，也不可能真正胜利。

1920 年，在《青年团的任务》中，列宁指出：应当明确地认识到，只有确切地了解人类全部发展过程所创造的文化，只有对这种文化加以改造，才能建设无产阶级的文化。无产阶级文化应当是人类在资本主义社会、地主社会和官僚社会压迫下创造出来的全部知识合乎规律的发展。……政治上夺取政权，并不意味着文化上的权力会随之自动转移到无产阶级手中，工人阶级、农民等被压迫的无产阶级主体无法在没有得到良好教育的条件下实现文化话语权利。

列宁在那个时候已经清楚地认识到：不仅要取得政治领导权，还必须要取得文化领导权，并且要巩固文化领导权。

而我们今天，建立社会主义文化的最重要目的，就是培育新人，把科学的马列主义世界观变成每个社会成员的自觉信念，使每个成员具备崇高的道德品质与丰富的精神世界。

请听这样一段话：

> 在资本主义制度下，无产阶级可以臣服于作为社会共识的资产阶级意识形态，从而“帮助资产阶级统治自己”；在经济基础发生了社会主义转变的制度下，其上层建筑依然可以是资产阶级的，这一点，绝对不会因为“生产资料的社会主义改造已经完成”而“自动完成”。在社会主义条件下，无产阶级同样可以帮助丧失了经济地位和基础的资产阶级“在文化上”统治自己，甚至听凭他们从文化上摧毁社会主义制度的文化合法性。

这是韩毓海在《马克思的事业》中所指出的。

毛泽东同志认为：社会主义的可能失败，并不在于它的经济基础首先被动摇，而在于其“文化合法性”首先丧失。

苏联的失败已经证明：丧失了文化合法性，丧失了文化领导权，只有政治领导权、经济领导权，失败是迟早的事情。

用黑格尔的著名比喻，就是：奴隶在获得了主人的财富的同时，头脑上却做了主人的俘虏。

受到广泛好评的电视剧《父母爱情》剧情所讲述，无产者江德福赶上了改天换地的时代，通过参加共产党的军队来改变了自己的社会阶层，在中华人民共和国，他的出身和解放军军官身份，都是受到尊重的，他在政治、经济上都翻身了。然而，他在他的妻子安杰，一个资本家的女儿面前，却总是被瞧不起。这不仅因为对方的美貌，更是因为她的富裕出身。她的睡衣、吃相，以及喝咖啡的爱好，在吃饭发出声音的江德福面前总是有优越感。

另一个渔霸的女儿葛老师看到安杰喝咖啡，说了一句：这才是人过的日子。这一句话，其实是很多年里，中国人文化不自信的表现。中国人几千年喝粥、喝茶，就不是过日子了吗？在电视剧中，对安杰所代表的资产阶级文化、西方文化的认同，对江德福出身的那个阶级的远离与逃避——甚至江德福的学吃西餐、穿睡衣，都是在努力……

这个电视剧的好处，是让我们看到了无产阶级在政治、经济上胜利之后，在文化上依然不自信的历史真实。

我多么愿意 此时
是 80 年前 黄土高原 窑洞 土场上
听一个湖南口音讲授矛盾论
……
阳光透亮 澄黄
照在我们的灰布军装上
它淬炼我们
滤掉软弱 困惑 这些水分 最后
我们留一身铮铮的骨头 一生
洁白 无私 无惧

2018 年 4 月 28 日，在延安，鲁迅艺术学院旧址前，我随手写下这几句。那时，困惑苦闷的我是真的盼望能够时光倒流，到延安学习和参加革命的。

立场问题是根本问题

列宁早就说清楚了：没有一个活着的人，能够不站在这个或那个阶级方面来。能够不为这个或那个阶级的胜利而高兴，为其失败而悲伤。(《列宁全集》第2卷，人民出版社1984年版，第422页)

那么，只要一个社会还有各个阶级存在，每个人都必然要划分为不同阶级和阶层，文化也相应地分为不同阶级的文化。不同阶级有不同阶级的价值取向和思想观念。阶级地位不同，其情感也不同，对待事物的观点也不同。

所以，其实，作家写下的每一行字，都是价值观。都是基于他自己的阶级立场和对世界的看法。

文学是什么？它是上层建筑的一部分，是意识形态。

文学是作家对世界有话要说，要表达，它首先就是判断。基于自己所在处境和阶级，它怎么能超越自己的立场？

所以，文学的根本问题，是立场问题。站在谁的一边？这也就是为什么人的问题。

为什么人而写？

这个问题，每个写作者无论认真思考与否，都是绕不过去的前提。

在我写《发现滨海》之前，我对这个问题，并没有清晰的认识。那时的我与很多人一样，以为，文学就是写人性。写个人悲欢，写个人对世界的认识。最多，是呈现一整个世界。我没有意识到，人，是有阶级性的。不管承认不承认，这就是客观事实。同一个事件，在不同的人眼中，因为利益不同，所以评判必然不同。

同理，对待老党员们，对待共产党的事业，立场不同的人，必然会有不同的态度。

我对这个问题的认识，我的转变，其实是在写《发现滨海》的过程中。首先是立场转变；其次才有作品的呈现。

这个问题，其实并不是新问题。早在20世纪40年代，一批到延安去的作家、诗人，就是秉持着这个观点。而延安文艺座谈会，本来也已经解决了这个问题。

马克思主义哲学基本观点就是：存在决定意识。经济发展是人们生活实践的基础，作为意识和观念形态的文艺一定会受到经济基础的制约和限定。

恩格斯说，疲惫、软弱、多愁善感等在文艺上表现出的负面情绪，在生活中能够产生阻碍经济发展的作用。马克思是把"文艺当作精神方面的生产力的"。

在平时的阅读中，我发现，有的作家在精神上找不到出口，无法解释现实，就走向了宗教。

很多人告诉我们：文学只应描写人性，文学只应是雪月风花，个人所感。

文学真的与政治无关吗？

马克思指出，在经济基础发生变化的同时，所有庞大的上层建筑并不会自动、自发地随之发生变化。因此，问题不在于经济基础的决定作用，而在于经济基础与上层建筑之间的矛盾状况。

毛泽东同志在《新民主主义论》中指出：一定的文化（当作观念形态的文化）是一定社会的政治和经济的反映，又给予伟大影响和作用于一定社会的政治和经济；而经济是基础，政治则是经济的集中的表现。这是我们对于文化和政治、经济的关系及政治和经济的关系的基本观点。（《毛泽东选集》第二卷，人民出版社1991年版，第663—664页）

他说，经济基础的社会主义改造完成后，上层建筑领域的革命依然任重道远。

这，也是习近平总书记提出的伟大斗争的一部分。2019年秋季学期中央党校（国家行政学院）中青年干部培训班的"开学第一课"上，习近平总书记讲话的关键词之一——“斗争”。他一再教导青年干部要有斗争精神，实现伟大梦想，需要伟大斗争。

因为熟读《习近平的七年知青岁月》，我曾在2018年去过梁家河村。在窑洞、沼气池、田野里寻找书中所提到的场景，心驰神往。

凌晨一点，爬上窑洞上面的山顶，看着梁家河的月亮，想了很多很多。

这几年，自2014年文艺工作座谈会后，以习近平同志为核心的党中央在继承党的文艺思想的基础上，对文艺事业提出了更高的要求，寄予了更深厚的希望。习近平总书记又主持召开了哲学社会科学工作座谈会，并在中国文学艺术界联合会第十次全国代表大会、中国作家协会第九次全国代表大会开幕式上发表重要讲话，全面系统地论述了党的文艺观点和文艺主张。

他指出，在实现中华民族伟大复兴的历史征程中，在中国人民波澜壮阔的改革实践中，广大文艺工作者大有可为，也应当有所作为。

“当代中国正经历着我国历史上最为广泛而深刻的社会变革，也正在进行着人类历史上最为宏大而独特的实践创新。这种伟大实践必将给文化创新创造提供强大动力和广阔空间。”（《坚定文化自信　把握时代脉搏　聆听时代声音　坚持以精品奉献人民　用明德引领风尚》，《人民日报》2019年3月5日）

“希望大家深刻反映70年来党和人民的奋斗实践，深刻解读新中国70年历史性变革中所蕴藏的内在逻辑，讲清楚历史性成就背后的中国特色社会主义道路、理论、制度、文化优势，更好用中国理论解读中国实践，为党和人民继续前进提供强大精神激励。”这是习近平总书记对文学工作者的期望。

在进行着人类历史上最为宏大而独特的实践创新的新时代，我们如何面对人民领袖的这个期望？如何用作品来回答这个期望？

这就涉及一个问题：为谁而写。

我们为谁而写？

树立马克思主义文艺观刻不容缓

很长一段时间以来，有些人把一个个体占有金钱的数量，等同于一个人的价值，甚或目标与追求，这样的价值观当然也影响了写作者。

为市场、为金钱而写作，最大化地变现为物质，这也成了一些人的追求。

而我以为，写作者的书写，如果仅仅为了稿费、市场，在市场化大环境下，当文化在资本投资支配下的工业生产的时候，所谓他们所写的普遍人性，不过是文化制造商算出来的平均数。当他们谈人性的时候，实际上，当人性成为一门生意的时候，他们不过是在谈买卖。

列宁指出：在以金钱势力为基础的社会中，不可能有真正的自由。作家先生，你能离开你的资产阶级出版家而自由吗？作家、画家、女演员们，你们的自由，不过是出卖脑袋、身体，被豢养的自由。

他指出："写作事业不能是个人或者集团的赚钱工具，而且根本不能是与无产阶级总的事业无关的个人事业……无产阶级写作事业应该成为整个无产阶级事业的一部分……"（《列宁专题文集》《论无产阶级政党》，人民出版社 2009 年版，第 166—167 页）

把写作变成一个手艺活，那就是个手艺人。我们承认，文学创作是艺术创作，也是烦琐、艰辛的具体劳动，但是，如果去除掉崇高的目的，只变成为手艺，目的为金钱，那么确实成为人们茶余饭后的消遣的可能会比较多。

为人民、为信仰而写。这样，写作才会是高尚的劳动。

在当下，我们处于百年未有之大变局的历史方位，中华民族从来没有像今天这样接近几代人梦寐以求的伟大复兴。我们在见证历史。

在这样一个伟大的时代里，我们首先应该为谁而写，书写什么？

这是每一个写作者，都应该认真思考的问题。

我的答案是：作为马克思主义的信仰者，中国共产党的热爱者，我首先要书写的，就是中国共产党在革命、建设、改革等不同时期内，它的牺牲、它的坚强、它的伟大、它的光荣！

世界上，还有哪一个政党，在带领人民前进的道路上，所遭遇到的艰难困阻，比中国共产党这一百年更多？

为什么党总是能够历尽苦难而化险为夷，辉煌迭出？因为它一切为了人民，一切依靠人民，因为它来自人民，植根人民，服务于人民；因为它是一个为了实现中国人民根本利益不懈奋斗并能够作出最大牺牲和巨大贡献的组织。

我是中国共产党党员，我首先是信仰者。我的创作，我书写革命，书写红色革命文化，影响群众读者燃起对社会主义的信心，是我的责任。文学是我为党所做工作的方式之一。

我的创作分两块，当下以红色革命文化的书写为主，体裁是报告文学或纪实文学，用一句话概括：我在尝试用文学的方式来阐释我们党的理论。另一块，是长篇小说，我一直在为它做准备。

一切围绕一个主题：党。党，是我生命的主题。

这自然反映在了我的创作中。我是自觉践行以马克思主义文艺观来指导创作的。

这是我对自己的使命的理解。

习近平总书记说，面对这种史诗般的变化，文艺工作者有责任写出中华民族新史诗。

这是领袖对作家的殷殷期盼。

这是新时代中国作家的责任。

毛泽东同志在《一九五七年夏季的形势》中指出，光有生产资料所有制的革命还是不巩固的。在生产资料所有制的问题上，谁战胜谁的问题解决了，但在思想战线和政治战线上谁战胜谁的问题还没有解决，还需要很长时间才能解决。

这些，在经过苏联解体，东欧剧变，明显地证明了它的正确性。

事实上，我坚持认为：作家首先应该是政治家。这句话，在2018年8月，在太原，中国作协举办的一次学习时，我听到中国作协副主席阎晶明说过。他同时说，作家能够写出作品的深度与高度，取决于他对这个世界大势、历史方位的把握程度。这两句话让我反复思考。受益极深。

怎么才能树立马克思主义文艺观呢?

贺敬之说：“马克思主义的文艺观是建筑在实际生活的基础上的，如果不去与人民群众打成一片，来一个思想情感上的变化，就不能理解毛泽东文艺思想为何物。因为没有那个感情，没有那个体会。”

他说：“根本途径就是学习马克思主义，深入社会实践，把马克思主义和实际生活不断地结合起来。”

而今天的我已经深刻明白：如果没有感情上的转变，那根本就不要谈马克思主义文艺观。而如果没有对马克思主义理论的学习，没有真正进入生活，与群众切实地打成一片，而奢谈马克思主义文艺观，那是不严谨的。

是的，如果我没有这几年在基层的经历，不和最基层的老党员、群众打成一片，我就不会知道什么是马克思主义文艺观。

中国文化军队的使命

2018年9月，第八次全国青年作家创作会议期间与中国作家协会主席铁凝合影留念

2018年9月，我参加了第八次全国青年作家创作会议。

在会上，中国作家协会党组书记钱小芊郑重指出："我国是社会主义国家，我们党是马克思主义政党，马克思主义是中国特色社会主义伟大事业的根本思想引领。……青年作家要深入学习马克思主义理论，努力掌握马克思主义的立场观点方法，夯实文学创作的思想根基。"

我全神贯注地聆听、思考。

马克思主义是劳动人民求解放的学说，是对历史上一切统治阶级的思想和"占统治地位的思想"的最深刻、最全面的质疑和批判。在我们这样的国家，社会主义的政治和经济革命的胜利，并不意味着人民群众包括作家在内的很多人，就自然地具备了马克思主义的理论和立场，扣错了第一个扣子后，后面的扣子，一定是要错下去的。

所以，这样的学习，是必要的！

他指出，要认真学习习近平新时代中国特色社会主义思想，努力掌握这一思想的精髓要义和丰富内涵，以此作为观察和认识中国、观察和认识世界、观察和认识社会、观察和认识我们正在从事的事业的思想指引。

这一点，毋庸置疑。如果连当下的世界是什么都不了解，那么一切都不必谈。我认真学习习近平总书记的每个重要讲话，对有的讲话，比如，《在纪念红军长征胜利80周年大会上的讲话》《在庆祝中国共产党成立95周年大会上的讲话》《在纪念马克思诞辰200周年大会上的讲话》，以及党的十九大报告等，有的重要段落都能够背诵。

这不是有人要求我。没有任何人要求。我当时还不是一名共产党员。我是完全因为，我想知道。以一个旁观者的角度，来看这些，并不是仰视，也不是要完任务，是平视地来看。尽管我当时的理论水准谈不上深厚，但我是以一个普通青年的角度来看，这样更客观。

钱小芊强调，“广大青年作家要学习中国历史，特别是中国近代史、中国革命史、中国共产党史、中华人民共和国国史、中国改革开放史，提升文学作品的观察力、穿透力和纵深感”。

这一条，对照我自己的成长过程，我是发自内心地觉得，太有必要了！

事实上，如果没有对中国共产党史、中国革命史的深入阅读，就不会有今天的我。

此外，我对中国历史、中国革命史、中国共产党史的学习，让我具备了更长的历史视野、更高的辩证唯物主义的眼光，来评价作品与指导书写自己的作品。

王宏甲的《塘约道路》虽然篇幅短，但是很清楚地交代了塘约村在几百年的时间里，土地的归属变化以及农民生活水平。这样，对为什么必须坚持农村土地集体所有制，有了让人信服的交代。

我想阐述的是，真正想要书写大作品的作家必须有更长、更远的历史视野。这一点，取决于对中国历史、中国革命史、中国共产党史的阅读与把握。

因为我们每个写作者，下笔时，最绕不开的，就是判断。对这些历史的判断。

钱小芊强调，青年作家要“从人类历史和世界大势的高度去辨识和把握我们身处的现实，让自己的写作注入历史意识和史诗意识”。

“中国文学发展到今天，如果还仅仅是引进，这显然已经不够。如果离开国外的理论和技巧张不开嘴、下不去笔，那只能说明我们还没有找到自己的声音，没有发现自己的故事，没有深刻认识我们民族的精神特质。也就是说，没有建立起足够强大的文化自信，没有建构起我们自己的美学自信。文化自信、美学自信建立不起来，我们的写作就容易耽于模仿，流于跟风，就不可能书写好中华民族的新史诗。”

这第一段，是我在太原参加中国作协会员的培训时，听中国作家协会副主席阎晶明讲过的。因为它给我的印象太深刻了。由衷地认同。中国当代文学对西方技巧的引进，显然始于20世纪80年代，那时候，魔幻现实主义、现代主义等进入国内，在当时，作家们一窝蜂群起模仿学习。而路遥最初以现实主义手法写《平凡的世界》时，受到一致冷落与质疑。30多年过去了，留在老百姓的心里的，还是这部当时不被看好的《平凡的世界》。

对于20世纪80年代，那个我们刚出生的时代，它是享受着前30年中华人民共和国建立起来的保障制度、全民皆有保障的尊严，而有些人一边享受着这些，一边质疑国家、民族、集体，向往、神化西方。而20世纪80年代出生的我们，因远离那个时代，同时历经当下的流离、阶层固化等，而更加清醒。我们对国家、民族、集体的热爱、认可，对中国革命的追随，是经过冷却的熔岩，经过比较，经过冷峻的思考，依然炽热，而更加肃穆、庄严。

而如果不能正确地认识时代，则很难谈得上如何书写它。

2016年7月1日，习近平总书记在庆祝中国共产党成立95周年大会上的讲话中说："当今世界，要说哪个政党、哪个国家、哪个民族能够自信的话，那中国共产党、中华人民共和国、中华民族是最有理由自信的。"

第八次全国青年作家创作会议山东团合影

开会回来，我在感想中写道：

从参加第八次全国青年作家创作会议回来已近20天，我一直陷在深入的思考以及由此带来的深切焦虑中。这些日子，我4年来每天必读的马克思主义理论书籍也读的少了。主要在思考这个问题：我要写什么样的东西？我的定位是什么？

首先，在会上受到了刺激。这是前所未有的。300 名与会者是一个集中展示。而且皆是同龄人。平时在自己的生活里待着，尽管也知道同龄人发的多，成名早。但这两者，钱还是名，对我都没有吸引力。也不是我写作的目的。因为没有强烈的这两者的需求和欲望，所以平时写的太少了。这是我要反思的第一个问题。不能再等了。过了 40 岁，精力、体力等是不一样的。

那么，我为什么一直不写呢？——我从来没认为，自己的写作已经开始。这与我的文学观有关。因为从小熟读《红楼梦》，所以我一直坚持认为：只有那样整全的、完整的、宏伟的，才是文学。或者是我所理解的小说。当然，也是不为钱、不为名、不为任何，只为写出来——就是写出来本身。我想要呈现的，是全方位的，是大的，一整个世界。整个世界需要我用一生构筑。穷我一生之力。

我所理解的小说，是要镂刻生活细密真实的生活质地。用琐细的日常生活来站立人物、呈现世界。而不是只追求传奇性与故事的曲折性。这是巨大的工笔。没有强大的毅力、体力，以及时间磨砺，无法完成，甚至无法开始。

这些，一个世界的构筑与再现，必然关系到对世界的判断。这是我的优势。在思想高度、生活储备、文学观方面。

在这个会上，在这个声音里，我看到了最前线的旗帜：红旗！红旗还在招展！这从井冈山到延安到北京一路飘扬的鲜艳的红旗！

尽管它可能有硝烟，有残破，有人正在下面拼命挖旗杆。然而，它毕竟高高飘扬着！

它飘扬着！这就是关键！

我当然知道，在这个时刻，这个阵地上，正在有人进攻，炮弹或裹以糖衣，或配以烟幕，而已经有部分阵地失守，有人投敌，有人在内部做内应，这些，我们都知道！

但是，只要红旗还在！我们就有方向！有勇气！

我们就能够“百折还看高潮来”！就会一直团结在旗帜的周围，就会在这个旗帜的指引下，汇集到中华民族伟大复兴的时代洪流中，做出独特的、不可替代的贡献！

我们确信：在中华民族伟大复兴的时刻，中华人民共和国的文化军队，我们的作家方阵，这从延安到北京的忠诚，这从延河流淌到今天的光荣，这文学的光荣，这对人民的忠诚，这对党的忠诚！

它们，不会缺席！

中国文化军队，中国作家，应该在新时代书写出无愧于这个时代的荣光！

如果不能，我们将有愧于延安窑洞里的灯光，有愧于今天所有中国人水火中共同趟出的这条路，有愧于我们自己所经受的磨砺，无法面对历史剑气森然的逼问！

而这，需要组织、团结、联合。

2019 年 10 月，中共十九届四中全会审议通过的《中共中央关于坚持和完善中国特色社会主义制度、推进国家治理体系和治理能力现代化若干重大问题的决定》强调指出：坚持马克思主义在意识形态领域指导地位的根本制度，并作出一系列重大部署。

这是中国共产党第一次把马克思主义在意识形态领域的指导地位作为一项根本制度提出来。是关系党和国家事业长远发展、关系我国文化前进方向和发展道路的重大制度创新。它充分体现了以习近平同志为核心的党中央对社会主义文化规律的认识进入了一个新的境界。

党的十九届四中全会一个月后，中央宣传部部长黄坤明在《人民日报》发表署名文章《坚持马克思主义在意识形态领域指导地位的根本制度》。

他指出：“社会主义先进文化之所以先进，就在于它以马克思主义这一先进理论为指导。马克思主义以科学的世界观和方法论揭示了人类社会发展规律，在历史和人民的选择中成为我们立党立国的根本指导思想，成为指引我们不断夺取革命、建设、改革胜利的强大思想武器。可以说，坚持马克思主义在意识形态领域指导地位的根本制度是历史的结论、现实的必然，意义重大而深远。”

2020 年 12 月，全省青年作家重点选题会议在济南召开。那次，我们学习的地方是原济南军区第五招待所，我在阳光里向外看。窗外，就是英雄山。是的，那里，就是王尽美等烈士长眠的地方。快一百年了，我们还是在他们开创的路上走着，我们追随着他们的背影，有他们的烛照，我们，不会迷路！

会议开始了。我们带着笔，坚定地向它走过去。

第七章　解放：人类永恒的渴望

2019 年 11 月，我在天蒙山上，听到了《沂蒙山小调》。这里，是《沂蒙山小调》诞生的地方。

先是一个人唱。

在秋雨中，当沂蒙山小调第三代传人宋守莲的歌声响起在秋雨群山中，当她一开口，我的脑中便如雷击！

从来没有听到那样的歌声。它野腔野调，每一字句，都是活的画面：大片高粱谷子，我熟悉无比的碎石矮墙，沂蒙人的独轮小车，那做军装、送情报的，就是我熟悉的张维兰、崔立芬……她们是一群 90 多岁的老党员……

——那不是歌声，那是沂蒙女性的无限宽博胸怀，完全坦然，凛然正气，坚忍无可摧毁！

后来，上到山顶，又听到歌声，那是很多人在唱。那是一群当地乡亲，我多么熟悉的乡亲——如果我不上学，就是她们的样子——而当时，80 年前，当中国共产党山东省委在沂蒙山区发动群众时，群众就是这个样子的啊！

我静静地听着，雨雾中，我的眼泪滂沱而出！

——我流泪的原因，是在这么多年后，曾作出巨大牺牲的沂蒙老区人，依然在这里唱着同样的歌！依然是这个国家最坚定的基础啊！

我向她们走过去。此前，我和老乡们没有见过面，这是我们第一次见。然而，我们没有丝毫陌生，如同久别重逢。她们拉着我，很自然地，我们一起唱起来。我们手挽着手，如同当年的抗大一分校学员和群众在一起，一首接一首的唱，我们唱《映山红》，唱《国际歌》，唱《十送红军》。放声歌唱，这就是放声歌唱！80多年了，沂蒙人，就是这么放声歌唱的啊！

在酣畅的歌唱中，我想到了两个字：解放。

《沂蒙山小调》的调子是非常轻快明亮的。它散发着自信与愉快。那么，在1940年，为什么能够诞生这样的作品？

——因为那个时候，生活在这个地方的大多数普通人，已经在某种程度上实现了解放。

这个解放，并不仅是指沂蒙人作出巨大贡献的解放战争，也不仅仅指这里的农民获得了几千年来梦寐以求的土地，不，它有着更加深刻的含义。

2018年5月4日，在纪念马克思诞辰200周年大会上，习近平总书记再次强调，中国共产党人坚定宣示对马克思主义科学真理的信念。他指出，马克思主义博大精深，归根到底就是一句话，为人类求解放。

马克思主义是关于人类解放的理论。人类解放是马克思全部思想的主题。

是否关注人，关心人，以实现人的解放为根本目的，是马克思的政治经济学与一切资产阶级政治经济学的根本区别所在。

如果不是对抗战时期、解放战争时期的山东、沂蒙根据地有深入的了解，如果不是在几年的时间里，和300多名经历了那个时代的90多岁的老党员长久在一起，我无法从这个角度来看当时的沂蒙人。我不敢轻易用“解放”这个词语来形容破衣粗服的沂蒙人。

亚里士多德有句名言“人是天生的政治动物”，没有能力进入政治领域的奴隶在他看来不属于“人”的范畴。

在那么艰苦的岁月里，沂蒙山区的农民之所以能够最后一块布做军装，最后一个儿子送战场，并不是有人逼迫的，而是自愿的，而且他们是非常高兴的。为什么？

是因为他们感觉到自己是人。

是共产党让他们感觉到自己是人。他们全面参与民族的救亡事业，不再是一盘散沙，不再是事不关己的旁观者，他们是人。他们的精神必然是明亮的。

天蒙山上的沂蒙山小调活态博物馆，石屋木窗，碎石矮墙，那是我最熟悉不过的景象。这样的木格窗棂下，我以及无数沂蒙女儿穿着红褂子绿裤子长大。秋雨潺潺，山水清澈，白石崚嶒，白石屋村的一间石屋里，诞生了《沂蒙山小调》，飞向了全国。

《沂蒙山小调》就是这种知识分子与劳动人民相结合的伟大成果，是沂蒙人民与革命结合创造的伟大红色文化代表。

沂蒙精神的实质是党与群众血肉相连，生死与共，如果没有群众本身的解放与觉悟，是做不到的。而群众的解放，与党组织对他们的教育是直接相关的。

所以，沂蒙是群众与党血肉相连，是牺牲与大义，也是解放。沂蒙山区农民首先自己要解放。然后，解放了的农民，心甘情愿地用小米、地瓜、独轮车，以及生命与全部，去支持他们自己的组织——共产党与自己的军队解放军，最终，把自己的组织送进了中南海。

1940年，距离中国共产党山东党组织成立29年，距离中共山东省委重建4年，距离八路军一一五师到山东两年，共产党人在山东29年的艰苦工作与星星之火的点燃，沂蒙山区的农民终于从心里喊出了这样的声音：

"咱们的共产党领导得好！"

当家里只有四面土墙、一个土炕的沂蒙人民，把最后一粒米做军粮，最后一个儿子送战场，当沂蒙山的女儿发出谁第一个参军，我就嫁给谁的誓言，当叫张相禄的共产党员被鬼子铡七刀而不吐露党的秘密，当沂蒙山的普通少妇在鬼子的枪下认走共产党员而宁愿自己的丈夫被鬼子抓去……

共产党人已经与人民生死与共、血肉相连，民族的铜墙铁壁已经形成。

再也没有任何力量可以战胜这样军民团结如一人的民族！

1947年，国民党重兵进攻山东、陕北根据地。为什么重点进攻这两个地方？因为，延安是共产党的政治根据地，沂蒙是共产党重要的军事根据地，胶东是共产党重要的经济根据地。胶东和沂蒙均属于山东，在中国共产党的重要根据地的分量上，这个，是偶然的吗？绝对不是！

所以，国民党大军压山东，所以，山东军民上演了气壮山河、永远光照史册的史诗！

抗战时期，是没有沂蒙这个概念的。它的形成，是在1947年。这一年，滨海军区、鲁中军区、鲁南军区撤销，原滨海、鲁中、鲁南根据地合为大鲁中南区，这就是八百里沂蒙的概念和范围。1947年到1949年期间，山东根据地选派大批优秀干部南下，到新的解放区去开展工作，这就是南下。这也是为什么在江浙有大批山东籍干部的原因。

1945年，罗荣桓没有带到东北的20多万山东籍指战员，在新四军进入山东后，编入新四军序列，成为华东野战军的主力。解放战争时期，西北野战军只有2万多人，而华东野战军几十万人，加上国民党部队，在山东腾挪作战，他们要吃，要养伤，要住，都是由山东群众承担。

所以，陈毅说，他就是进了棺材里也忘不了沂蒙人民。淮海战役的胜利，是人民群众用小车推出来的。这话，毫无夸大。没有人民，没有人民的全力支援，哪里来的胜利？哪里来的这个国家？

所以，看到了这一点，就不会再对任何权力、钱有任何仰视与媚附。而会发自内心地对那些布衣粗服的最普通的农民，生发出最真诚的亲切和敬意。

沂蒙人的解放是中国共产党人带领山东人民在山东、在沂蒙的伟大实践。一直到今天，中国共产党人团结带领中国人民进行社会主义革命、改革和发展，也是在对人类解放事业的宝贵探索。

马克思主义是劳动人民求解放的学说，是对历史上一切统治阶级的思想和“占统治地位的思想”的最深刻、最全面的质疑和批判。

马克思在《论犹太人问题》中说：“德国的犹太人渴望解放。他们渴望什么样的解放？公民的解放，政治解放。……对犹太人问题的批判就是对犹太人问题的回答，总之，可简述如下：我们必须先解放自己，才能解放别人。……而政治解放当然是一大进步，尽管它不是一般人类的解放的最后形式，但在迄今为止的世界制度内，它是人的解放的最后形式。不言而喻，我们这里指的现实的、实际的解放。”

“犹太人的社会解放就社是会从犹太精神中解放出来。”

中国共产党人深深了解：解放的最终目的是把人的世界和人的关系还给人本身，重塑人的本质和价值，实现人的自由和全面发展。要实现人的真正解放，还必须经过一个长时期的发展，为它创造一系列的经济、文化与社会的具体条件。这其中，就首先包括生产力的高度发展。

只要人的生存困境没有消除，只要还有人生活在物质的匮乏中，精神的物化中，以及人的异化中，只要人还没有真正在人的意义上去生活，人类解放理论就不会丧失现实的生命力和活力。那么，人类对最终解放的追求就不会停止！

天蒙山景区是由山东一个国企开发的。有担当的优秀国企与曾以鲜血捧出中华人民共和国的这片土地，已经初步形成了一种“共同体”。

把每一个基层建设成劳动人民的命运共同体，既是生活共同体，又是文化共同体，已成为新时代语境下的迫切需要。在今天，在新时代，国有企业的光荣与使命，必当焕发出更加绚丽的光辉。

十年前，当我从沂蒙来到南京，当我一个人在食堂里看电视剧《沂蒙》泪流满面时，我开始思考我的来路和地域文化。所以我回到山东，回到沂蒙。永远，骨头里是沂蒙的“钙”；永远，血液里流着沭河水；永远，这血液是鲜红的！

什么是传承？什么是继承？什么是生生不息？

沂蒙山的石头会告诉你，《沂蒙山小调》会告诉你。我，会告诉你。

什么是，不能忘记！是，永不能忘记！沂蒙！

沂蒙人家，土灶熬鸡汤，人民是爹娘

天高地厚，树高千尺，根在沂蒙，根在土地，根在基层，根在人民！

我在2018年天蒙的雨中倾听。我听到70多年前的厮杀声。听到共产党万岁的喊声——是什么，让一个人，在生命结束前，发出这样的呐喊？

那是千百年来，普通人、劳动者对一个没有压迫、没有剥削、人人平等、人人自由的理想社会的热切渴望！

《沂蒙颂》里唱道：愿亲人早日养好伤，为人民求解放，重返前方！

正是为了这个人人平等的世界，正是为了人民求解放，勇士们才会欣然赴死，视死如归！沂蒙人用最后一块布做军装，把最后一个儿子送战场！

孙振喜爷爷最经常说的一句话是：解放全人类！

这些年里，每次想到老人的这句话，我都会想起马克思在《法国工人党纲领导言》中的那句话：

生产者阶级的解放是不分性别与种族的全人类的解放。

张凤臻教过我一首歌。其中有两句，在这几年的时间里，在乡间为老党员奔走修缮房屋时，在村里为困难群众如何脱贫焦虑时，尤其是当我送走一位又一位亲历过那个时代的老人时！当他们越来越少，而遗忘了那个时代的人越来越多时！我时时在脑海里反复哼唱。那两句歌是：

求什么，求解放！
求什么，求解放！

求解放！

尾　声

是的，我的故事暂时报告到这里。

是的，我的故事从沂蒙山的一群老党员开始，讲到沂蒙山一群唱《沂蒙山小调》的群众。

是的，我曾经困惑，曾经迷茫。

2020 年 12 月，全省青年作家重点选题创作会开完时，我上了英雄山。

我的每个细胞都闪着崭新的光。我想大叫，我想歌唱。我想告诉所有还在困惑的青年人，这一切的原因和过程，是的，我想倾诉——这就是文学的本质：对世界说话。有话要说，不吐不快。正如几千年前，一个农夫在春天的第一缕阳光里，听到第一声莺啼，于是写下：春日载阳，有鸣仓庚。一样，于是我写下这些。

它是怎么发生的呢？

这是我的来历赋予，这是我的老党员赋予，这是我的爷爷和外公赋予，这是理论赋予，这是先烈们赋予。

这也是我身边共产党员赋予。无论是将军高建国，还是企业家王守东、农民徐林收，他们身份不同，职业各异，然而，他们给予了我同样的启发：共产党员的启发。

至此，代际不同的他们，对我成长为一个坚定的信仰者的影响，完美完成。

此外，在我成长的过程中，中共山东省委宣传部、山东省作家协会起到了极大的作用。我是从 2013 年 5 月参加省作协的青年作家高研班学习后，开始文学创作的。在这之前，我如同在地下胡乱奔涌的河流，在这样的学习中，它找到了组织，找到了奔涌向地面的出口。那次，我参加的是报告文学班，第二年，我写出了《本色》，文体正是报告文学。

这样的学习，山东省作家协会一年要组织两次。据我的了解，山东作家几乎都参加过这个班的学习。它对我们的创作起到了直接催化的作用。

2018 年 12 月，当选山东省青年作家协会副主席

在与山东省作家协会工作人员交往的过程中，我深深感受到他们的耐心、热心和负责。任何时候，咨询任何同志，从来没有过一次不耐烦。我经常想，这是容易的吗？这并不容易做到。这是党的领导在省作协这个单位的坚强有力的体现。

我想起抗战时期的根据地，每个村子都有青抗先、妇救会、儿童团、农会、党支部等党领导下的各种组织，囊括了一个村子不同性别、各个年龄段的村民。让每个村民都有组织，每个人都能进步。把最基层的群众组织起来，动员起最广泛的人民力量，这就是党的力量无穷深厚之原因。

我的老党员张凤臻说，党员，就是去组织群众。

所以，今天的党组织依然在用各种方式、渠道，团结着一切愿意进步的青年人。我们的党没有遗忘任何一个群体。

一直到今天，我对济南市舜玉路 40 号的山东省作家协会都有异常的亲切。一到那里，就觉得：到家了！另一个让我亲切的地方，是济南市纬一路 482 号的中共山东省委。看到它，我总是想起我家乡那片抗战时中共山东分局的青瓦院落，想起战争年代中国共产党人与群众水乳交融、生死与共的往事——那都是我珍藏在心里，听老党员们讲过无数次的啊！

2019 年 12 月，全省文学创作骨干会议召开，山东省作家协会主要领导早早邀请专家讲课，安排周到，当听到讲课的山东省委党校老师说，领导希望多给你们讲一点，让你们多了解一点是一点。

我深深感动，并感觉到组织的温暖。

我还在另一个组织那里，感受到了组织的力量和温暖。那就是共青团山东省委员会（以下简称“团省委”）。2018 年 12 月，我当选为山东省青年作家协会副主席，我们青年作家协会的主管单位就是团省委。在会议上，团省委领导首先一针见血指出：社会主义文艺一定要贯彻二为方针，即为人民服务，为社会主义服务。文艺与政治绝不可分。

我深深感受到了团组织是我们青年的组织！是党的后备军！我深深感受到，

除了省作协，我们又有了一个可以信赖、可以让我们团结在一起的组织。

是的，很多人忽视了，共青团的全称，是中国共产主义青年团！

这就是组织。1949 年 7 月 2 日至 19 日，第一届中华全国文学艺术工作者第一次代表大会召开时，毛泽东同志指出，自从 1919 年五四运动以来已经 30 年了，文学艺术工作者的这样的全国规模的大会还是第一次。这是什么原因呢？答曰：人民革命的胜利，人民政权的建立，是决定一切的。

老党员卢翠秀，在 20 世纪 80 年代应邀给海军某部作报告时，说："今天，是谁叫我们坐在一起的？是共产党！没有党，咱们要饭都不一定能要在一块儿！"

那天，坐在礼堂里，我想起了这句话。事实上，在北京，我也记得这句话。

那时，我的心里热热的，有什么东西从胸口洇开，一直到我的眼睛里……

我注意到，我的成长、缓慢清晰的进步，与在会上学习有关。这些会的后面，主办方指向的，是我们的宣传部门。在山东，是中共山东省委宣传部，而中国作家协会的后面，是中共中央宣传部。所以，我的成长，与党的培养息息相关。

是党培养了我。

是亲爱的党组织培养了我。

我终于与高建国将军一样，自然而然地写下了这句话。

这句话，我在无数老党员那里听到，看到。现在，我是那么自然、发自内心地说出了这句。

说出后，我才发觉：原来这句话是无数次听老党员们说过的啊！

小时候，我对爷爷说，爷爷，长大了，我也要开会。现在，我实现了这个愿望。我以开会的方式，参与到党的召唤、培养之中。

在任何地方，到任何城市，不管时间多么紧张，我只要安顿好，第一个要去看的地方，就是当地的党委，在任何地方，只要看到那白底红字的中共某某委员会，我的心里总会生出无比的安全与亲切。

那天，站在中共山东省委门口的我，看着英雄山，忽然记起：我6年来的成长转变，是从2013年开始。那就是党的十八大之后。

这是巧合吗？

我想不是。

我无数次上英雄山。我经常坐在王尽美墓前沉思。

我无数次想，这个人，我的同乡，他从莒县到英雄山的道路，经历了哪些曲折？而我将来，能不能把我的名字，留在英雄山上？

——英雄山上，陈列着山东省22万多位革命烈士名录和80位著名烈士遗像，山上安葬着1502名革命烈士，其中，有中国共产党山东早期负责人王尽美、鲁伯峻、刘谦初等。还有济南战役中牺牲的有姓名的烈士786人、无名烈士716人。

——是的，我的理想，不是任何其他，我的理想，是与我的同志、先辈、烈士们一起，把我普通而平常的名字，留在英雄山上！

山下就是中共山东省委。它就在英雄山的北面，一抬头，就可以看到英雄山。我想，70多年前，当中共山东分局从驻扎了多年的我的老家搬来纬一路482号，并选择在英雄山下凝视着近百年来为了党的事业牺牲，长眠在英雄山上的烈士，这中间，有着什么样的考量和情结？

而山东省委的再北边，就是101年前，我的同乡王尽美他们建立共产主义小组、团组织的地方，今天的育英中学的青砖小楼。它的旁边，是上新街，就是当年中共山东省委在敌人的残酷追捕中，拼命躲藏的地方之一。还有五龙潭旁边的小楼，它也见证了近百年前，中国共产党人、先行者们的筚路蓝缕和奋进、追寻！

什么叫不忘初心？

这就是了。

此外，我想，也许还有这样一个想法：烈士们已经看到共和国、山东省委屹立在这里70多年了，那么，以后呢？再70年后呢？

烈士们有资格提出这个问题！

这是一个严峻的问题。

中共山东省委，它不是天经地义就在那里。它能不能永远矗立在那里？它怎样才能永远矗立在那里？

从省委东去300千米，那里是抗战时期中共山东分局驻扎的地方，在它旁边，我们的本色馆里，有一个区域，展览着老党员们的入党申请书。牺牲在日本人铡刀下的老党员张相禄的申请书上写着：为了共产主义，为了建立一个好的国家。

我们的祖国，我们脚下的这片土地，是不是一个好的国家？

在960多万平方千米的版图上，无数脱贫的群众知道；无数撇家舍业下乡的扶贫干部知道；乘坐通达八方的高铁上的人们；在这场席卷世界的新冠疫情中，在与世界上其他国家的鲜明对比中，我们的14亿多人民，知道！

是的，我们知道！

我知道，这一切，是因为有一个强大的中国共产党。

中国特色社会主义最本质的特征是中国共产党的领导，中国特色社会主义制度的最大优势是中国共产党的领导。

中国共产党成立已经100年。从100年前，党带领中国人民进行的伟大社会革命，就是世界共产主义革命的组成部分。而世界共产主义革命，是自《共产党宣言》问世宣告到来的世界共产主义革命，是一场最终埋葬剥削制度的

“最后的斗争”。

这场最后的斗争，要历经多久？要在人类历史上占据多长的时间段？没有任何人可以告诉我们。我们没有明确的数字。但是我们知道，那是人类唯一的方向。

毛泽东同志指出，人类的历史，就是一个不断地从必然王国向自由王国发展的历史。这个历史永远不会完结。在有阶级存在的社会内，阶级斗争不会完结，在无阶级存在的社会内，新与旧、正确与错误之间的斗争永远不会完结。在生产斗争和科学实验范围内，人类总是不断发展的，自然界也总是不断发展的，永远不会停止在一个水平上。因此，人类总得不断地总结经验，有所发明，有所前进。停止的观点，悲观的论点，无所作为和骄傲自满的论点，都是错误的。

他指出，搞革命要有一个认识过程，失败，胜利，再失败，再胜利，要反复多次；社会主义建设我们也没有经验，也不能一搞就成功，也要经过反复的比较。人们的认识由必然王国到自由王国是个过程。对社会主义建设的认识也有一个从必然王国到自由王国的过程。这个过程还没有完结。我们还没有进到自由王国。必须在总结正反两个方面经验的基础上，加深对社会主义建设规律的认识。他说，在国内，在世界，我们必须坚定地站在人口95%以上的人民大众这一边。

习近平总书记指出，历史和现实都告诉我们，一场社会革命要取得最终胜利，往往需要一个漫长的历史过程。只有回看走过的路、比较别人的路、远眺前行的路，弄清楚我们从哪儿来、往哪儿去，很多问题才能看得深、把得准。

作为新时代的中国青年，作为先行者和觉悟者，我们应当如何？

邓力群告诉我们：决不要为人们觉悟程度不齐而失望，决不要轻视或者鄙视任何思想落后于思想复杂的人，决不要以强迫命令的方式去让人们接受我们的意见，决不要对什么人都使用千篇一律的八股文章和老调，对于人们的错误和缺点，要诚恳地劝导，要善于根据当时当地的具体情形，群众的具体要求和情绪，去进行教育群众和说服群众的工作。

这一条对我特别重要。体味到这段话的道理，我用了近两年的时间。确实是这样的。从前我是有些对暂时不觉悟的人失望的，也因为自己已经了解人类社会发展方向而有些不够尊重暂时落后的人，对暂时还没有了解的人不愿交流，而这样做的结果，是我非常孤独。这样做显然是不对的。我正确的做法应该是，耐心地、诚恳地与群众沟通交流。

我把这段话与习近平总书记《我是黄土地的儿子》中那一段话相比较来思考。那段话是：

> 在团结方面我从小就受到家庭的影响。我父亲经常给我讲团结的道理，要求我们从小就要做讲团结和善于团结的人。……父亲讲的团结方面的道理，当我们后来生活在集体环境时，体会就很深刻了。无论是上寄宿学校，还是下乡和参加工作，我都深深感到：凡事团结处理得好，工作都能做得比较好；凡事团结处理不好，就都做不好。

这两段话，对我产生了极大的影响。我们每一个青年人也必须要搞好团结，把根深深扎进群众之中，这样，才能做好应当做的事情。去除小知识分子的狂热、脱离群众、自以为是，真正锻炼成一个沉稳自矜、坚定内敛、能够带动、说服群众的共产党员，是一个很漫长的过程。至于能够成为一个焦裕禄那样优秀的共产党员，那就更有很远的距离。

个人的成长如此，中国共产党带领中国人民寻找道路的过程，也是如此。

1935年初春，长征路上，中国工农红军在绝境中发出《告全体红色指战员书》：

> “红军必须经常地转移作战地区，有时向东，有时向西，有时走大路，有时走小路，有时走老路，有时走新路，而唯一的目的是为了在

有利条件下，求得作战的胜利。”

后人根据这个创作了《行军告示》：

“我们必须准备走大路、小路、直路和弯路。走过白天是黑夜路，走过黑夜是白天路，走过天涯还有路！走上坡路、下坡路、岔路和斜路，还要准备走绝路！走完绝路，我们再赶路！我们必须准备走绝路，走完绝路，再赶路！”

毛泽东同志说：

“夺取全国胜利，这只是万里长征走完了第一步。如果这一步也值得骄傲，那是比较渺小的，更值得骄傲的还在后头。在过了几十年之后来看中国人民民主革命的胜利，就会使人们感觉那好像只是一出长剧的一个短小的序幕。剧是必须从序幕开始的，但序幕还不是高潮。”

这是一个马克思主义者的清醒与期待。从那时起到现在，我们都行进在这个波澜壮阔和艰苦卓绝的长征中。

毛泽东同志说：“我们不但善于破坏一个旧世界，我们还将善于建设一个新世界。”

不破不立。我们要建设的新世界是什么样的呢？

我们要破坏的旧世界，就是恩格斯在《英国工人阶级状况》所说的：“农奴的生存有封建的社会制度来保障，在那种社会制度下每个人都有他一定的位置；自由工人却一点保障都没有，因为他只是在资产阶级需要他的时候才在社会上有一定的位置，否则就没有人理会，似乎世界上根本就没有这个人。”“奴隶的生存至少会因为他主人的私利而得到保障；无产者却只有靠自己，同时，人们又不许他把自己的力量变为完全可以指靠的力量。无产者为改善自己的状况所能做的一切，不过是淹没在那些支配着他而他却丝毫不能控制的偶然事件的洪流中的一滴水而已。他是一个处在各种各样错综复杂的情况下的没有意志的物件，只要能够在短期内勉强活下去，就算幸运了。”

我们要破坏的旧世界，就是：人民群众的贫困本来就是资本主义存在的前提的世界。美国农业部在 2008 年 12 月前完成的一项调查表明，平均下来，每 7 个美国人就有 1 人吃不饱。而全球知名调查公司——盖洛普公司在 2013 年 8 月进行的一项全国调查显示：吃不饱的美国人的比例，上升到每 5 个美国人中就有 1 人吃不饱。

我们要破坏的旧世界，就是：必须保持 5% 左右的失业率的世界。失业率不过高只是为了防止社会动荡，而他们的本意是保持失业率的存在，因为如果没有失业者的存在，就无法对就业者施加足够的压力使其听任资本家的剥削。

我们要破坏的旧世界，就是：人被自己生产的物质与关系所异化，人在临时性的毫无尊严的雇佣工作里，头上永远悬着一把刀。

这样的世界，我们每一个普通劳动者，都永远不想再来一次！

我们要建立的新世界是这样的：“每个人都不能把自己在生产劳动这个人类生存的必要条件中所应承担的部分摊给别人；另一方面，生产劳动给每个人提供全面发展和发现自己的全部能力即体能和智能的机会，这样，生产劳动就不再是奴役人的手段，而成了解放人的手段，因此，生产劳动就从一种负担变成一种快乐。”（《反杜林论》《马克思恩格斯选集》第三卷，人民出版社 1995 年版，第 332 页）

在这个全新的世界里，“无产者在这个革命中失去的只是锁链，他们获得的，将是整个世界。”（《马克思恩格斯文集》第二卷，人民出版社 2009 年版，第 66 页）

在这个全新的世界里，“代替那存在着阶级和阶级对立的资产阶级旧社会的，将是这样一个联合体，在那里，每个人的自由发展是一切人的自由发展的条件。”（《马克思恩格斯文集》第二卷，人民出版社 2009 年版，第 53 页）

在这个全新的世界里，劳动者技能不再单一，劳动者可以选择并胜任更多的岗位工作，适合并愿意在政府部门工作，就去做公务员，适合并热爱科学研究，就去做研究工作，这样，从马克思到列宁、到毛泽东同志，所设想的劳动者参与管理国家才能成为可能！人人平等才能在这个意义上得以实现！

在这个全新的世界里，“这一代男子一生中将永远不会用金钱或其他社会权力手段去买得妇女的献身；而这一代妇女除了真正的爱情之外，也永远不会再出于其他某种考虑而委身于男子，或者出于担心经济后果而拒绝委身于她所爱的男子。”“结婚的充分自由，只有在消灭了资本主义生产和它所造成的财产关系，从而把今日对选择配偶还有巨大影响的一切派生的经济考虑消除以后，才能普遍实现。到那时，除了相互的爱慕以外，就再也不会有别的动机了。”（《家庭私有制国家的起源》，人民出版社 2018 年版，第 88、89 页）

在这个全新的世界里，每一个人都有安全感，有尊严，有屋可居，都存在于这个世界上！

这些，其实就是我的老党员孙振喜那句念念不忘的：解放全人类。这，就是全人类的解放！

这就是无数共产党人，前仆后继，欣然赴死，百折不回，热血流尽，矢志不渝的伟大梦想啊！

从 1921 年那个夏天到今天，我们已经走了 100 年。我们要走到哪里去？

恩格斯说：“无产阶级将取得公共权力，并且利用这个权力把脱离资产阶级掌握的社会化生产资料变为公共财产。通过这个行动，无产阶级使生产资料摆脱了它们迄今具有的资本属性，使它们的社会性质有充分的自由得以实现。从此按照预定计划进行的社会生产就成为可能的了。生产的发展使不同社会阶级的继续存在成为时代错乱。随着社会生产的无政府状态的消失，国家的政治权威也将消失。人终于成为自己的社会结合的主人，从而也就成为自然界的主人，成为自身的主人——自由的人。”

成为人，成为自由的人，多么好啊！

列宁说："普通工人起来承担艰苦的劳动，奋不顾身地设法提高劳动生产率，保护每一普特粮食、煤铁及其他产品，这些产品不归劳动者本人及其近亲所有，而归他们的远亲即全社会所有，归起初联合为一个社会主义国家然后联合为苏维埃共和国联盟的亿万人所有，——这也就是共产主义的开始。"

这就是习近平总书记在中央党校县委书记研修班学员座谈会时说的，共产主义遥遥有期，社会主义就是共产主义的第一阶段。他说，我们不能因为实现共产主义理想是一个漫长的过程，就认为那是虚无缥缈的海市蜃楼，就不去做一个忠诚的共产党员。革命理想高于天。

党的十八大以来，习近平总书记讲"革命理想高于天"，至少有七八次。就在党的十九大报告中，他再次强调"革命理想高于天"。这个革命理想，就是共产主义远大理想和中国特色社会主义共同理想；他说的高于天，就是指这个理想对于共产党员来说，高于一切。

习近平总书记说："政治方向是党生存发展第一位的问题，事关党的前途命运和事业兴衰成败。我们所要坚守的政治方向，就是共产主义远大理想和中国特色社会主义共同理想、'两个一百年'奋斗目标，就是党的基本理论、基本路线、基本方略。"

他说："如果丢失了我们共产党人的远大目标，就会迷失方向，变成功利主义、实用主义者。"

他说："世界社会主义实践的曲折历程告诉我们，马克思主义政党一旦放弃马克思主义信仰、社会主义和共产主义信念，就会土崩瓦解。"

我们决不放弃马克思主义信仰，我们不会迷失方向！

共产主义！

我们要到这里去。

因为这是全人类唯一的、没有任何其他出口的道路！

抗击新冠肺炎疫情的日子里，中国人民几乎每一天都在见证历史。在全国抗击疫情的战役中，中国人民对人民领袖的热爱与拥护，对中国共产党人民至上的赤诚，对社会主义制度的优越性，对中国共产党领导下战无不胜的“人民战争”，有了更加全新的认识。十四亿人同心，中华复兴在望！

为什么我们的眼睛里常含泪水？因为我们经历了太多的忧心如焚的屈辱与渴望，因为我们对这片土地，对这面旗帜，爱得深沉……

在这次大考中，中国人民对习近平总书记深刻指出的一句话，有了全新和切实的体会。那就是：始终代表最广大人民根本利益，保证人民当家作主，体现人民共同意志，维护人民合法权益，是我国国家制度和国家治理体系的本质属性，也是我国国家制度和国家治理体系有效运行、充满活力的根本所在——有了切身的体会和认识。

中国人民也越来越明白：中国共产党100年的探索与实践，在世界社会主义运动史、中国共产党执政史、人类社会发展史上，具备多么巨大的意义。

历史没有终结，现在才是迈步从头越的时刻。

因为，为了自己和为了人类这一运动的时刻已经到来了。

英雄山上有很多烈士没有能够看到中华人民共和国的成立。

我每次上山下山，都从来没有感觉到自己孤单。在这一路上，我接受着烈士们的注视。他们在看着我。我清楚地感觉到。他们永远年轻的眼睛在凝视着我。一直到此时，我在电脑上，敲下这些文字。他们看着我的热泪，洒下来。

我甚至能感觉到他们伸出的手，那带着硝烟和战火的手，在替我擦拭。他们在对我微笑，我已经比他们中很多人牺牲的年纪，已经大了，然而，他们还是如对小鬼般微笑。我知道，那是他们对我的鼓励。我知道，在队伍里，我还是个新兵。我还要接受很多很多考验和磨砺才能成为一名真正的共产党员！我接受所有的磨砺与考验。

所以，我说，我必须要写下。

我知道，已经有太多人，忘记了你们，忘记了你们为了什么选择了在那么年轻的时候，离开这个世界。可是我没有！

我没有忘记你们。我想念你们。这些在我出生几十年前，就已经终止呼吸的年轻的，同志。

同志，亲爱的同志。我的亲爱的同志。

我接受你们的注视。

我知道，你们为了什么牺牲：

——为了实现共产主义。

是的，不仅是国家富强，民族复兴；不仅是过上好日子，有饭吃，有衣穿，还要实现人的全面解放！

正是为了这个，你们，以及无数先烈，选择了牺牲。

我甚至觉得，在和平年代里，那些在意识形态领域向西方长期渗透进来的种种势力宣战的同志，那些在领导岗位上为祖国殚精竭虑的同志，那些在最普通岗位上默默工作的同志……都是悲壮地在战场上战斗。

烈士，并不仅仅在战争年代诞生。

在这个时代，我们依然可以成为烈士和战士！

2020年初，新冠疫情最严重的时候，有些人惊慌失措，甚至发布谣言。而我那个时候，在我的朋友圈里非常明确地呼吁：心有大局，坚定信心，听党指挥！

1月27日，我写道：一百年来，比这凶险万分的事情有多少？是中国共产党带领人民全部战胜！千条万条，真理一条：相信中国共产党！勿恐慌，保持战略定力，在与时间赛跑的时刻，更需要沉着冷静，坚定信心：对党的信心，对今天引领我们已经创造奇迹的人民领袖的信心！

2月17日，我写道：面对陌生的灾难，我的恐慌时间很短。事实证明，我是对的。因为我对党有信心。马克思说，作为确定的人，现实的人，你就有使命，有任务。我想起抗战时期胶东根据地的6岁牺牲的小烈士，想起更多的烈士，他们为什么选择了牺牲？我身边的同志也在第一时刻，听从安排，坚守岗位。无数这样的党员干部、群众，护佑着、保证着这个国家的运转，也保证着一些糊涂人的安全。这些人为什么糊涂？因为他们看不到人们人民的力量，不相信中国共产党。

3月20日，我写道：疫情如大考，炸出了每个人的格局、高度、立场、认知能力。在我中华民族重回世界巅峰的关键时刻，每个人的一切表现，都在历史的眸光里。习近平总书记说，中国青年是堪当大任的。我以我的热血与忠诚，做了小小的印证。我不是个别。全国一定有许多我这样的普通人，他们与我们一起，在这个伟大的，注定留下记忆的春天，战斗、书写历史！我们知道，我们在书写历史，这是中国青年的历史，也是中国的历史，世界的历史。

4月12日，我写道：我为自己骄傲。回望两个多月的时间，我在这个事件中，所作出的几条判断，已经被事实证明完全正确。一是坚定信心，听党指挥。二是人民战争必胜。三是这场斗争后，人类秩序由此改写；四是当下打一场舆论战场上的淮海战役，迫在眉睫。作出这些判断，并不是偶然。它的本质是对世界历史大势的判别能力、政治判别能力。当时，我是受到一些人的嘲笑的，但是现在看，我有可能是全国范围内较早对这场疫情如此态度的青年作家之一。之所以如此，还有我对党的人民性的了解。我熟悉它的历史。我具备人民立场。我对人民领袖充满信心。这不是一天两天形成的。对我以及我这样一批中国青年，需要重新认识。

——是的，这就是今天的中国青年。

——我们已经成长，已经在奋力担负历史使命与责任。

——我们愿意崇高而有意义地活着。

——在今天，有着几千年辉煌历史的中华民族，在历经近代的屈辱之后，从来没有如此像今天一样，接近我们几代人梦寐以求、前赴后继的伟大复兴。对照中共十九大擘画的两个阶段和奋斗目标，我们青年人的关键作用，不可替代。这也是不可推拒的历史使命。我们必须汇聚起全中国青年人磅礴的、移山填海的力量，亿万人同心，去实现中华民族复兴的伟大梦想！

这，才是我们中国青年应该成为的样子！

2021 年 8 月，我正式加入中国共产党。

在我的爷爷、外公加入这个组织整整 77 年之后，他们的孙女，在经过寻找，经过困惑，经过比较，经过阅读理论、党史之后，终于加入了他们为之奉献了一生的组织——中国共产党。

2021 年 8 月，我正式加入中国共产党

在鲜艳的党旗下，在爷爷和外公举起拳头宣誓加入这个组织的这片土地上，我缓缓举起右拳，庄严宣誓：

“我志愿加入中国共产党，拥护党的纲领，遵守党的章程，履行党员义务，执行党的决定，严守党的纪律，保守党的秘密，对党忠诚，积极工作，为共产主义奋斗终身，随时准备为党和人民牺牲一切，永不叛党。”

这是当代中国青年的声音。

这是我在向中国共产党报到，向组织报到！向人类历史上最壮丽、崇高的事业，报到！

这是传承，是延续，是共产党建党100年来，吸引一代又一代中国青年加入她、忠诚于它的伟大例证！

我听到，马克思的声音从1843年传来：

“真理的彼岸世界消逝以后，历史的任务就是确立此岸世界的真理。”

我听到毛主席的声音从1939年传来：

“一切共产主义者的最后目的，则是在于力争社会主义社会和共产主义社会的最后的完成。”

我听到习近平总书记的声音从远处传来：

“青年是祖国的未来、民族的希望，也是我们党的未来和希望。中国共产党的创始人之一李大钊同志说过，青年要‘为世界进文明，为人类造幸福，以青春之我，创建青春之家庭，青春之国家，青春之民族，青春之人类，青春之地球，青春之宇宙，资以乐其无涯之生’。……我们党取得的所有成就都凝聚着青年的热情和奉献。

“当代青年是同新时代共同前进的一代。我们面临的新时代，既是近代以来中华民族发展的最好时代，也是实现中华民族伟大复兴的最关键时代。广大青年既拥有广阔发展空间，也承载着伟大时代使命。

“青年一代有理想、有本领、有担当，国家就有前途、民族就有希望。代表广大青年、赢得广大青年、依靠广大青年是我们党不断从胜利走向胜利的重要保证。中华民族伟大复兴的中国梦终将在一代代青年的接力奋斗中变为现实。”

这就是我们的使命和责任。一代人又一代人的长征。这是中国的万里长征，也是全人类、全世界劳动者的万里长征。

现在，接力棒已经交到我们手里了！每一个中国当代青年，我们是做浑噩者，还是逃避者？还是勇敢者？

2019年4月30日，在纪念五四运动100周年大会上，习近平总书记明确指出：

“新时代中国青年运动的主题，新时代中国青年运动的方向，新时代中国青年的使命，就是坚持中国共产党领导，同人民一道，为实现‘两个一百年’奋斗目标、实现中华民族伟大复兴的中国梦而奋斗。”

2020年五四青年节之际，习近平总书记寄语新时代青年，强调坚定理想信念，站稳人民立场，练就过硬本领，投身强国伟业。

方向已明。路在脚下。

我们唯一正确的选择就是：

——紧紧团结在以习近平同志为核心的党中央周围，坚定共产主义远大理想、中国特色社会主义理想，家国同构，将个人前途与国家命运同频共振，建立起当代青年的精神支撑和奋斗动力，坚定对中国特色社会主义的道路自信、理论自信、制度自信、文化自信，与人民一起奋斗，最终实现民族复兴中国梦。

——全中国的青年们，让我们以青春的名义，联合起来！

我在英雄山山顶东望。

我看到大罗庄村里，我的老党员们在晚霞中翘首等待我的归来，他们满是皱纹的脸如同田野里金色的向日葵；我看到王尽美家的草屋半开，我看到宋平旧居的树林飒飒，我看到张全景在沂蒙山区走访，我看到高建国在焦裕禄走过的地方寻访，我看到徐林收的村子葡萄熟了，我看到王守东的泰山钢铁的钢水鲜红，我看到贺敬之故乡的运河稻浪，我看到了，一百年的时光里，中国共产党人的热血浇遍华夏。

我看到了，中共十九大临近闭幕时，有一组特写镜头，几代党的领导人陆续走进人民大会堂，他们有共同的名字：中国共产党人。中国人。

那一瞬间，我泪盈于睫，感动于这个党的团结，感动于这个政党风雨百年始终不变的为人民服务的赤诚与接续奋斗的钢铁意志……

在更远的远方，我还看到了，马克思那湛蓝的眼睛、列宁的草棚、井冈山的红旗、延安的窑洞……

我看到他们，这些年龄不同、职业不同，甚至时代不同，而同样在鲜红的镰刀锤头旗帜下举起右拳的，这些所有亲爱的导师、先辈、同志，在向我，这个普通当代青年，沂蒙女儿，一起凝视。

在他们的凝视里，我的血管里流淌的鲜红的血液，和他们所有人的，汇集在一起，共同奔腾向同一个方向：所有中国共产党人共同的伟大理想……

——实现全人类的解放，为实现中国特色社会主义共同理想、共产主义远大理想而奋斗终身!!